三淵忠彦

世間と人間

【復刻版】

最高裁長官就任当時、小田原の自宅庭園でくつろぐ三淵忠彦
（写真・毎日新聞社提供）

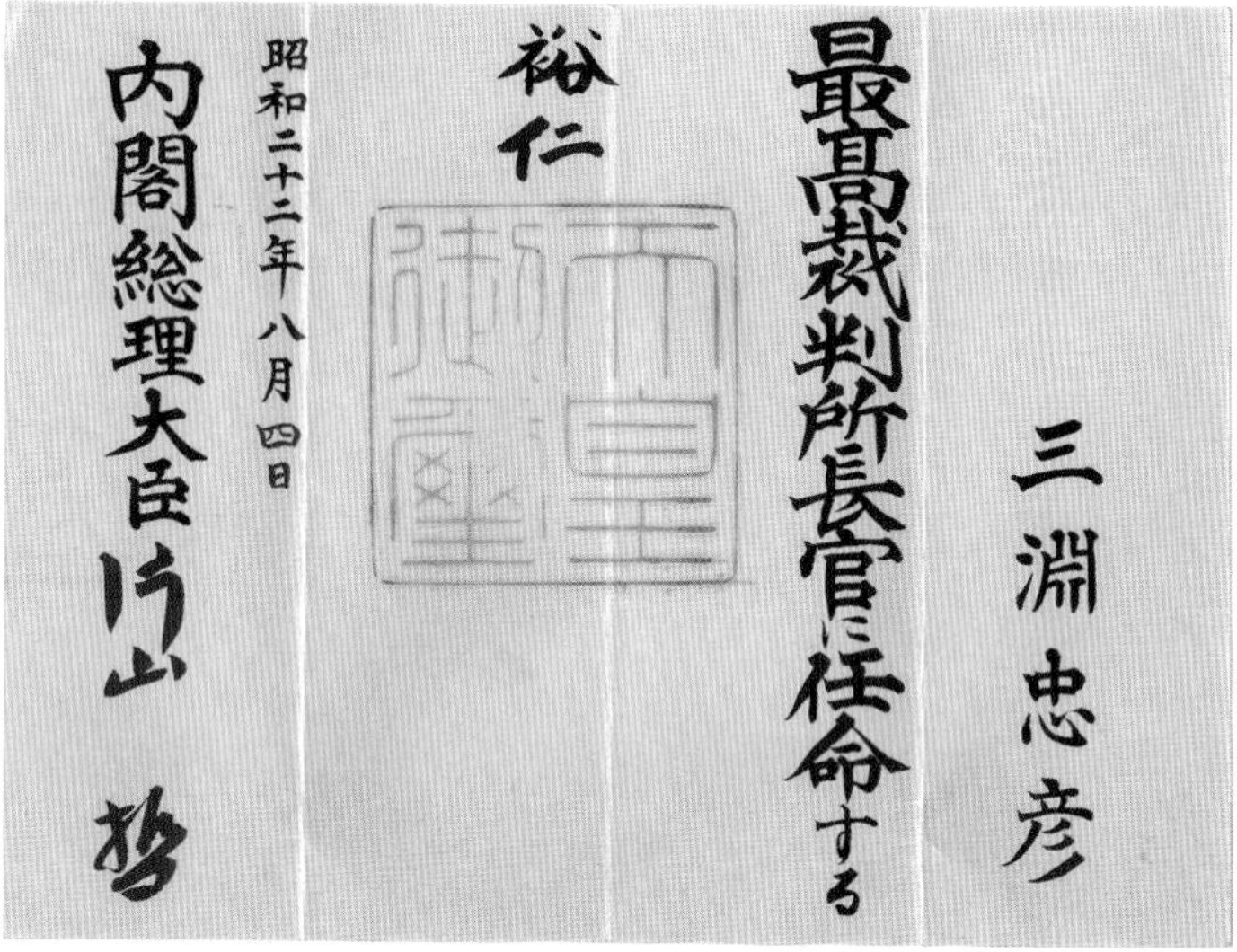

物置の竹の籠に入れられていた任命状

物置の茶箱に残されていた御紋附黒塗手筥

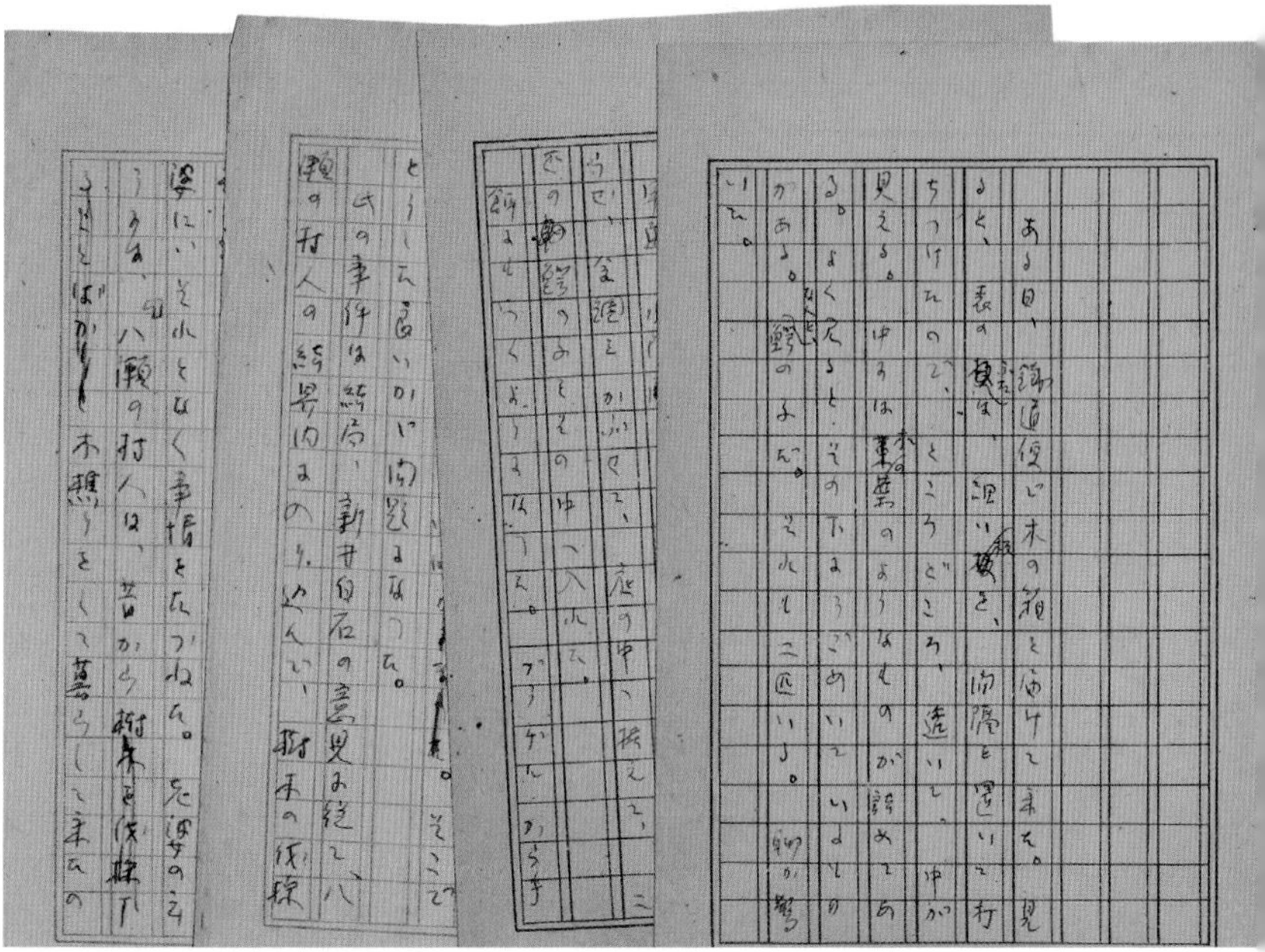

『世間と人間』の直筆原稿。第一話「鰐を飼う」の書き出しなど

『世間と人間』の表紙
（朝日新聞社刊）

忠彦と妻・久子、子どもたち

小田原市板橋　「三淵邸　甘柑荘」

現在「三淵邸　甘柑荘」として管理されている（撮影・上谷玲子）

忠彦の肖像

野の花が咲く門からのアプローチ

世間と人間

［復刻版］

初代最高裁判所長官　三淵忠彦

装画：屛風作家　麻殖生素子「掛け軸『若紫』」（部分）

はじめに

初代最高裁判所長官・三淵忠彦は定年を前にした昭和25（1950）年2月、随筆集の『世間と人間』（朝日新聞社刊）を書き上げた。ほとんどは22年8月の長官就任から退官までにつづった文章だ。

長官の肩書きから思い浮かぶ堅いイメージとは裏腹に、これがなかなか面白い。食べ物、動物、自然、裁判など内容も多岐に及ぶ。うち何片かは教科書に採用され、「ろくをさばく」は柳田国男監修高等学校用国語教科書（昭和30年発行）に収められている。

福島県・会津にルーツを持ち、戊辰戦争から敗者としての辛苦を味わい、第二次世界大戦敗戦後に民主裁判の礎を築いた忠彦が、人としてどうあるべきか、何を大切にするべきかをつづったエッセーは、むしろ現代にこそ、そしてこれからも読み継がれてほしい内容である。

あらためて、忠彦の生き方に触れ、当時の様子を垣間見たり、何かを感じたりすることには意味があるのではないか。そのように考え、この随筆集を復刻することにした。

日本国憲法施行から76年、憲法記念日に。

若林高子
本橋由紀

三淵忠彦著

世間と人間

朝日新聞社刊

朝日新聞社刊『世間と人間』扉

世間と人間［復刻版］

目次

世間と人間

世間と人間

三淵忠彦

著者・三淵忠彦（昭和25年1月書斎にて）
朝日新聞社刊『世間と人間』にも掲載

越前堀の頃の、若かりし日を回想して、本書を
石渡荘太郎君に献じ
併せて、当年八十二歳、今なお御元気な、その
御母堂の壽康を祝す

著者

鰐《わに》を飼う

ある日、鉄道便で、木の箱を届けて来た。見ると、上には、細い板を間をおいて打ちつけてあるので、中が透いて見える。草の葉が詰めてある。よく見ると、その下にうごめいているものがあるではないか。なんと鰐の子だ。それも二匹いる。いささか驚いた。二十年前のことである。

一月《ひとつき》ほど前に、南米ブラジルのイグアペ植民地から消息があって、近くの川で、農民が鰐の子を捕らえた。日本では珍しいだろう。大阪商船の船が、サンパウロへ寄ったとき、託送するから、飼ってみたらよかろうとあった。いくら子でも、鰐は鰐である。南米からはるばると、生きたまま、東京渋谷の私の宅まで届くのは、容易ではない。いつ着くのやら、あてにするほどのことはあるまいと、たかをくくっていた。

それが鉄道便でドサリと配達されて来たのだから、驚いたのだ。サンパウロで積み込まれ、神戸でおろされて、鉄道便に託されたのである。鰐は、一、二カ月の間、何の餌をやらないでも、平気で生きていると聞く。この鰐の子も、ブラジルから東京まで、餌なしに、荷物同様に送られて来たのであろう。

早速、水陸二つの場所を持ったオリを造らせ、金網をかぶせて、庭の中へすえて、その中へ入れた。ブラジルからの手紙では、餌は鶏《にわとり》の臓物を、月に一度、少量やってくれ、たびたび多量にやると、たちまち大きくなって、じきに二間《けん》か、三間になる（一間＝約1・8メートル）。それでは困るだろうとあった。しかし、私の宅では、月に一度ではいかにも可哀想《かわいそう》だ。せめて、一週間に一度やろうではないかという説が、勝を占めて、そのとおりにした。

餌をやるには、長い火ばしではさんで、金網の上から入れてやる。眼の前や、鼻の端、くちばしの先へやっても、食いつかない。遠く、上の方からぶらさげていると、だしぬけに飛びかかってパクリとやる。

鰐はたいてい、じっと動かないで、キョトンとしている。水へ入ると、鼻の端だけを水面に出して、もぐっている。隠れているつもりのようだが、水が澄んでいるので、まる見えである。格別人になれるのでもないが、餌をやりに行くと、動いて来る。宅の子供が、尾をつかんで、つるし上げると、口を開いて、じたばたするが、どうにもならない。子供は友達が遊びに来ると、得意になって、やって見せる。友達の一人が、まねをしたら、手をがぶりとかまれて、血は出る、泣き出す、大騒ぎをしたことがある。

次第に鰐の顔を見るのが楽しみになってくる。しかしワニは見たところ、グロテスクであり頑愚であり、醜悪である。ずるくて、はしっこい兎《うさぎ》にだまされた説話の出来たのも不思議ではないような気がする。

その内に、どしどし大きく成長するには閉口した。二尺足らずであったのが、四尺位《ぐらい》になって来た（一尺＝約30センチ）。二間になったり、三間になったりしては始末に困る。うっかり逃げられて、近所の人々にかみつきでもしては、大変だ。結局、思案の末、上野の動物園へ納めることにした。動物園では、これは南米産カイマンという種類で、初めて日本へ来たのだと喜んでくれた。カイマンという言葉だけは、江戸のころ、長崎へ伝わったとみえて、『紅毛雑話』に出ている。

鰐はどうしているだろうと、家内中で、しばしば見舞に行った。餌は多量に、毎日やって、どしどし成長させるという話であった。二間位になっていた。しばらくのち、一匹、死んで剝製になったが、大きい方の一匹は、戦争前までは、元気に生きていたようだ。

動物を飼育する興味が高まると、最後には、爬虫類になるという話を聞いた。私の鰐を飼ったのは、そんなのではない。ただ偶然の結果である。しかし飼ってみると、可愛《かわ》いくもなるし、面白くなる。毎日見ないと気がすまぬようになった。動物園へやったあと、当分は、いささか、心寂しかった。

私は今でも、ときどきあの鰐のグロテスクな、愚かな、そして醜悪な顔を思い出す。

（昭和二十五年一月）

兎にだまされた鰐の話

私は鰐を飼ったことがある。醜悪な形相の鰐も、飼ってみると、面白くもなるし、可愛いくもなる。あまり大きくなるので、もてあまして上野の動物園へ納めてしまった。上野では、二間ぐらいの丈になったようだ。鰐は飛びかかったり、走ったりするときは、意外に敏捷《びんしょう》だが、ふだんは、いかにも頑愚で、鈍重に見える。ずるくて、はしっこいやつには、だまされそうな様子である。『古事記』に兎にだまされた鰐の話があるが、鰐らしいところがあって面白い。

兎は隠岐ノ島から、気多《けた》ノ前《さき》へ渡ろうとしたが、渡るすべがないので、鰐をだまして言うには「俺の一族とお前の一族と、どちらが多いか、くらべてみよう。お前はみんなを集めて、気多ノ前までならんでみないか。俺は勘定をしてやる。どちらが多いか、すぐにわかるだろう。」鰐はなるほどと思って、一族を集めて、ならびにならんだ。兎はしめたと思って、一つ二つと勘定しながら、鰐の背中を踏んで、跳ねて行った。いよいよ気多ノ前へ上陸するときに「やあい。お前たちは俺にだまされたんだ。ざまをみろ。」と悪態をついたというのである。

古事記にあるこの話は、日本固有の説話ではない。同じ話が、ジャワ、スマトラ、ボルネオ、セレベスなどにもある。ジャワの説話では、マウス・ディアが、兎の役目をつとめる。マウス・ディアは直訳すると、鼠鹿《ねずみじか》となる。百科全書にも、兎に似て少し大きいとある。どんなケモノか見たことはないが、ともかく、ずるくて、はしっこそうなケモノである。

その鼠鹿は、川を渡ろうとしたが渡る便がないので、鰐を呼んで、王様の命令だから、向岸《むこうぎし》までならんでみろ。俺が数えてやるからと欺きだました。鰐は真にうけて、ならんだところを、一つ、二つと勘定しながら、はねて行って、向岸に着いたとき、振り返って「お前たちはバカだな、俺にだまされたんだ。ざまをみろ。」と悪態をついたというのである。

インドネシア方面では、こうかつなケモノが他のケモノをだました説話がたくさんある。そのこうかつなのが、北東部ではサルかカメで、南西部ではマウス・ディアである。サルは、ずるそうだが、カメはいささか意外だ。しかしカメはあれで、なかなか老獪なところがあるから、ずるいケモノにされているのかもしれぬ。ともかく、ワニの欺かれた話は、その一連の説話の一つである。これから見ると、古事記の説話は、南洋方面の説話が伝わって来たもので、日本固有の話ではないとするのが正当であろう。

南方説話が伝播して、古事記の兎と鰐との話になったとすると、その鰐は、やはり鰐で、鮫《さめ》でも、鱶《ふか》でも海蛇《うみへび》でもないことになる。鰐は日本海にせいそくしないゆえに、古事記の鰐は、鮫か鱶だという説が、かなり有力であったが、首肯すべき根拠は一つもない。ただ想像であり、推量である。説話のケモノは、必ずしも実在しなくてもよければ、せいそくしなくてもよいはずである。

鰐をわが国で何故にワニと訓《よ》んだかは、明らかでない。いろいろの説があったが、いずれも承服するに足らぬ。恐らく外来語の変形であろう。説話が南方伝来だとすると、外来語というのも、南方の言語が伝わって、それが日本流に発音されるようになったのであろう。マライ（マレー）のベシシ族に鰐の歌がある。それには鰐のほえ声を写して、ワ・ワ・ワとある。ワがワニになるのは容易である。

古事記には、兎にだまされた鰐の話のあとに、二カ所に鰐が出て来る。一つは山幸彦がつり針を龍宮までさがしに行ったとき、帰りに山幸彦をくびにのせて送って来たのが、一尋《ひろ》鰐だというのである（一尋＝約1・8メートル）。も一つは豊玉姫が子を産むとき、見てくださるなと、くれぐれもたのんだのに、かいま見たらば、八尋鰐になって、はいまわっていたというのである。

鰐に乗った話も、鰐から英雄神の生まれた話も、鰐の本場の南洋方面には、たくさんある。これもまた南方伝来の話に相違ない。

南洋には、鰐を神に祭るところがある。鰐をトーテムとしている氏族もある。そこでは鰐はその氏族の人々の祖先になるのだ。

讃岐の金毘羅の本体は、グビラ神だといわれる。グビラ（宮毘羅）というのは、サンスクリットでは、鰐のことだそうだ。出雲の鰐淵山に鰐淵寺《がくえんじ》があって、そこにマダラ（摩多羅）神の祠《ほこら》がある。マダラ神はコンピラ神で、鰐である。日本にも、古くから鰐を祭る所があったか、鰐を祭る人があったか、ともかく、鰐の信仰のようなものがあったとみえる。

私は一介の法律家で、神話伝説などの知識は全くない。右に述べたのは私の義兄堀維孝の説である。私は生きた鰐は好きだが、鰐の説話や伝説にはあまり興味がない。古事記のワニが鰐であっても鮫であっても、どちらでも、一向にかまわぬ。私の義兄は、生きた鰐はきらいなようだ。私の飼っていた鰐などは、ついぞ一度も見に来たことがなかった。しかし、鰐の説話伝説については、深い造詣をもっている。その方面の学問の上では、古事記のワニが、鰐であるか、鮫であるか、兎にだまされたワニの話は、日本固有の説話か南洋伝播の説話かは、重大な問題であるらしい。義兄は三十年前にこの問題を研究して、精細な論文を発表したことがある。

私は先日、久し振りで、八十二翁《おう》の義兄を訪ねて、四方山《よもやま》の話をした。私の生きた鰐を飼った話と、義兄の説話伝説の鰐の話とが交錯して、すこぶる面白かった。聞くところによると、その方面の学界では、その後、南方伝来説を打破するほどの有力な説は現れていないそうである。

学問好きな老翁の熱心な説明を聞いて、忘れないうちにと、書き留めたのが、この一文である。学者のむずかしい考証を、素人が簡単にした一種の聞書きにしか過ぎない。

私が動物園に納めた鰐は、戦争前までは生きていたようだ。私はときどき、そのグロテスクな醜悪なそして頑愚な形相を思い出す。上野の動物園へも、早く鰐が来るようになるといい。私は、何を措《お》いても、早速見に行くつもりでいる。

（昭和二十五年一月）

身欠き鯡《にしん》と故郷の味

いつぞや、石渡荘太郎君がみえて、「先年会津へ行ったとき、料亭で、身欠き鯡の天ぷらを馳走になったが、あれは恐ろしく、まずいものだね。」と云うから、「私は好きだ。あれさえあれば、いつでも、揚げて食っている。なかなかうまい。」と答えた。石渡君は

「これは驚いた。」と、あきれたような顔をした。

幾日かの後、石渡君は再びみえて、「あのあとで、松平(恒雄)参議院議長に御目にかかったから、会津で馳走になった、身欠き鯡の天ぷらは、あれはまずいものですねと話したら、松平さんは、手をふって、石渡君、それはちがうよ。あれは日本一うまいものだよ、と云われたのには、大いに驚いた。上には上があるものだね。」という話であった。蓼喰《たで》う蟲も好き好きと云うからねと、二人で大笑いをした。

身欠き鯡にはクセがあり、渋味がある。東京の人は、そのクセと、渋味に辟易するらしい。併《しか》し、私等《ら》には、クセも、渋味も、一向に苦にならぬ。ことによると、クセと、渋味とがある為《ため》に、うまく感ずるのかも知れぬ。

身欠き鯡の新しいのを、火鉢で焼いて、脂が、ジワジワにじんで来たころ、しょうが醤油につけると、ジュウジュウと音がする。その熱いのを口に入れると、頗《すこぶ》るうまい。私の知人に鰻《うなぎ》の蒲焼よりも、うまいと云う人があった。上等の鰻には、勿論、かなわないが、並の蒲焼にくらべると、私も確かにうまいと思う。

身欠き鯡を、そのまま裂いて、酢醤油で食ってもうまい。味噌煮にしても、醤油と、砂糖で煮つけてもうまい。ただ燻製《くんせい》の鯡だけは、私には、木を嚙《か》むような味しかない。あれには閉口する。アメリカの人々が、サンドウイッチに多量に使用する缶詰の鯡がある。頗るうまい。ノルウェー製のようだが、あんな簡単な缶詰を、なに故《ゆえ》に北海道では造らぬのかと不思議に思う。

身欠き鯡の脂が焼けて、黄いろくなったり、かびたりしたのは、どうにもならぬ。東京の店で売っているのは、多くはこの類だ。まずいこと勿論である。私の次男が北海道に勤めていたので、今年の春は、身欠き鯡の新しいのを送らせて、久し振りに満喫して、大いに口福を感じた。

海に遠い、山の中の会津や、米沢あたりでは、活きの良い魚は到底口に入らなかったのだ。鉄道はなし、馬の背で運ぶより外《ほか》ないのだから、鮮度が落ちるのは致しかたない。ペルリ（ペリー）渡来のとき、房州警固を命ぜられた会津の連中が、房州で鰹《かつお》を食って、この鰹は、いくら食っても酔わないと不思議がって、土地の人々に笑われた話がある。（米沢生まれの）池田成彬さんは十三のとき、初めて東京へ出て来て、日本橋を通り、河岸の鮪《まぐろ》を見て、あれは食うと唇のはれる魚だろうと云ったそうだ。

会津や、米沢の、年輩の人で、鰹を食って、酔い、鮪を食って、唇のはれた経験を持たぬ人は、あまりあるまい。その位だから、身欠き鯡の珍重せられ、日常多く食用せられたのも当たり前だ。

友人の佐治啓助君は、いつでも、台所の天井に、身欠き鯡の何貫目かを、つるして置いて、なくなると会津から取り寄せていた。北海道から取ってみたが、どうも、うまくない。やはり鯡は会津に限ると云っていた。身欠き鯡が、さも会津で産するような口吻《くちぶり》で、おかしかった。

私等の大先輩の藤田重道さんは、有名な鉄道技師であったが、会津へ別荘を建て、毎年必ず出かけた。あるとき、私は藤田さんに何の為に、毎年会津へ御出でになるのかと御たずねしたことがある。藤田さんは「塩鮭を食いに行くのさ。塩鮭は、東京で食うと、まずくて、しかたがない。北海道から、取り寄せてみたが、どうもうまくない。それで毎年塩鮭を食いに、会津へ出かけるのだが、会津の塩鮭は実にうまい。何と云っても、塩鮭は会津に限る。」と云われた。塩鮭が、塩も、鮭も、産しない会津で、製せられるように聞こえて、おかしかった。

人は老年になると、少年のとき食った物をなつかしくなり、食ってみたくなるそうだ。少年のとき、かけ回った山や、川が、なつかしくなると同様に、食物もまた、なつかしくなるものとみえる。故郷の柿や、栗が、よそのよりも、何倍かうまく、故郷の芋や大根がよそのよりも、数等上等に思えるのだ。鮎《あゆ》などは、何処《どこ》の人でも、自分の国の川で捕れた鮎が、日本一の味がすると思っている。越後の人は信濃川の鮎が日本一、伊豆の人は狩野川の鮎が日本一、美濃の人は長良川のが日本一、阿波の人は吉野川が日本一、熊本の人は球磨《くま》川のが日本一だと信じている。東京で食う鮎のまずいのは当然だ。鮮度が落ちるからだ。氷漬けにして運んで来た鮎のうまくあろう筈《はず》はない。町野武馬君などは、会津の大川の鮎が、日本一だと主張して屈しない。

物の味には、物自体の味の外に、いろいろと他の要素が加わるらしい。環境、調度、食器などから、食事の相手や、天気の具合、そのときどきの気分なども、可《か》なりに影響するようだ。私は、故郷の味も、多量に加わるように思う。佐治君の、身欠き鯡は会津に限ると云うのも、藤田さんの、塩鮭は会津に限ると云うのも、いずれも、故郷の味が、物の味に、味をつけているのだと思う。私は一昨年の秋、御殿場の秩父宮様へ参上したとき、食後に、会津の身知らず柿をいただいた。そのうまかったこと。あれなども、多量に故郷の味が加わっていたのであろう。

松平さんや、私などの身欠き鯡の好きなのも、故郷の味が加わるからであろう。晩秋の今頃、会津へ行って、柿や、栗や、初茸、しめじなどを満喫してみたい。定めてうまいだろうと想像している。想像することだけでも楽しい。そこにも、故郷の味があるのであろう。

（昭和二十四年十二月）

ぞうに・かずのこ・そばがきなど

正月はなんといってもおぞうにがうまい。ただ東京の餅は、つきようにもよるのか、腰が弱くてどうもいけない。やはり餅は、腰が強くて、引っ張ればどこまでも伸びるような餅がうまいと思う。

ぞうには「カモのぞうに」が一番うまいが、カモでなくても、だしがよくでれば何でもうまいと思う。

納豆餅――餅のつきたてを、納豆に醤油をかけて、かきまわした中にいれて食べるのも大へんうまいし、つきたての餅に「大根おろし」をつけて食うのもうまい。

私の故郷の会津などでは、年の暮に餅をついて、その餅つきの日には親類、縁者、友人、知己を招いて、賑《にぎ》やかにいろいろの餅をこしらえて、ご馳走するのが習慣で、暮になると、きょうはどこそこの餅つき、あすはどこそこの餅つきと、毎日のように餅つきによばれて満腹する。

お正月には「カズノコ」がつきものだが、干カズノコの上等なのがあると、水で洗ってきれいにして、ひと晩戸外に出して凍らせる。それから麹をいれて漬ける。生臭いところが少しもなくなって、私らにはすこぶるうまく感ずる。

私の故郷では、正月によく、塩鮭のすしを食べる。塩鮭を酢につけておしずしにする。これがまた、なか〳〵うまいし、すしにしたのを焼いて食べてもまたうまい。

お正月には、かならず大豆の青豆を「お醤油」で食べる。大豆が青くなくてはいけないんで、東京ではあんな大豆は手に入らない。大豆といえば、東北のキナコは煎りも良ければ、味も良い。キナコのうまいのは、東京ではなかなか食べられない。

コブ巻きは、東京ならばハゼを巻いて煮るのだが、会津あたりにはハゼはなし、ミガキニシンをコブ巻きにする。

正月には野鳥の味がやはりすぐれていると思う。兎《うさぎ》は脂がなくて、みが白くて、鶏《にわとり》のようだが、あまりうまくない。料理の法によってはうまいという人もあるけれど、私はうまい兎を食ったことはない。

いつか門野重九郎氏にあったとき、門野さんがいうには、先年会津に行って東山の温泉でシオデのゴマあえをご馳走になった。ところが非常にうまい。日本に、こんなうまいものがあろうとは思わなかった、丼に一つ食ってしまった。東京に取り寄せて食ってみたがどうもうまくない。それで季節になると、シオデを食うために、東山へ出かけたことがある。私は日本一うまいものと思う、と話しをされたことがある。

シオデばかりでなくワラビ、ゼンマイ、山ウド、ドウホ、コゴミなどという山草、野草はそれぞれの風味とかおりがあって非常にうまい。都会では食えない味だ。

一体私は料理屋の料理をあまり好かない。ものの味そのものでなくて、いろいろと細工をして、うまく食わせようとするのであろうが、細工が過ぎてしまったり、いじくりまわしたり、こねくったりして、ものの味がぬけてしまうような気がする。

なるべく簡単に、ものの味を生かすよう工夫して、食べさせてくれる方が有難い。

田舎の百姓家で馳走してくれる芋や大根の煮たのなど、ひじょうにうまく感ずることがある。誠意のこもった料理でさえあれば、どんな料理でもうまく食べられる。あり合わせの材料で、ものの味をなるべく生かす料理は、料理をする人の心持ちしだいで、どんなにでもなるものだと私は思う。

私は小田原に住んでいたが、小田原辺りではどこの家でも、十二月にはイカの塩辛をこしらえて、正月から食いはじめ、そして三月いっぱいに食ってしまう。四月までは持たないようだ。あの辺のイカはあまり上等ではないが、塩辛にして食べるには、しごく適当だ。それから正月にはどこの農家へ行っても、アジのナマスを出してくれる。

アジをサンマイにおろして皮をはいで、みを出刃で細かにたたく。それを酢醤油で食う。みためは悪いし、色も形もよくないから、私は、はじめは箸をつける勇気がなかった。しかし食べてみると大へんうまい。

それから私の家でも、しじゅうこしらえ出した。東京でアジを手に入れてやってみるが、どうもうまくない。魚が新鮮でなければいけないのであろう。

福島県の石城（現・いわき市）の海岸で、柳ガレイがとれる。これを一日ぐらい干して、生乾きのを焼いて食べる。これは実にうまい。生乾きの柳ガレイを紙の間にいれて、少しもむと骨がすっかりぬけてしまう。私は鯛《たい》の塩やきなどよりもこの方がうまいと思っている。しかしこれは春だけの魚のようだ。

それからあの辺では生ウニを直径二寸（一寸＝約3チセン）くらいの貝殻へ厚く並べてその表面をちょっとあぶった、「貝焼き」と称するものがある。真中に箸で穴をあけ、そこへ醤油を注いで火鉢にかけ、煮ながら食べる。ひじょうにうまい。しかし二、三日たつとカビが生えて味が変わるので、東京辺りへ持って来るのはなかなか困難だ。

田舎では料理の、独特のうまいものが沢山ある。しかし東京辺りから田舎へ行くとお口にあうまいというつもりか、東京風のきまりきったものを食わせる所が多いようだ。これは一向にありがたくない。

民衆が日常食っている手料理の中に、かえってうまいものが沢山あるのであろう。

私は先年、友人丸山良策君の宅へ招かれて、ソバがきをご馳走になったことがある。丸山君は客間へ道具を並べ、客の面前でみずから力をいれて、ソバがきをこしらえて食わしてくれた。こんなうまいソバがきを私は食ったことがなかったので、ソバがきというものはうまいものだと、はじめて感心した。

それからソバ粉を固めて、ドラ焼きのようなかっこうにして、味噌をつけて焼いたのをご馳走になった。これははじめて食ってみたのだが、ひじょうにうまかった。きけば、信州大町辺りの農夫が山へ仕事にいくときは弁当にこれを持っていって、山で火をたいて焼いて食うのだそうだ。

東京辺りから大町へ出かけて、旅館や料理屋へ行ったとて、こんなものを食わせてくれるはずはあるまい。相変わらずマグロの刺身や、鯛の塩焼きを、最上のご馳走として出すくらいのものだろう。

東京では何といってもウナギ、テンプラ、スシ、ソバなどが第一であろう。よそではとても東京ほどうまくは味わえないと考える。

先日、友人が雲州松江から来て私の家へ一週間ばかり泊まっていった。これは親子代々東京の人で、田舎で暮らしたことのない人だが、八、九年前から松江へ行って、牧師をしている。私はこの友人に、何でもあなたの好きなものを馳走するから注文してくれといった。

私は、ウナギかテンプラを予期していたが、その友人はソバが食いたいと言った。ちょうど私の家に、信州戸隠のソバ粉が少しばかりあったので、山芋を買わせてつなぎにしてソバを打ってみた。私の手打だからどうもうまくいかないで、短く切れてしまう。それでモリとカシワ南蛮をこしらえてふるまったら、大へんうまい、うまいといって食ってくれた。私はうれしかった。テンプラソバをふるまいたかったのだが、その日折あしく、材料が手に入らないので、テンプラソバができなかったのは残念だったが、喜んで食ってくれたので私はうれしかった。どうも、人は年をとると、若いとき食ったものが食いたくなるらしい。

（昭和二十四年十二月）

勝負事

私は勝負事は嫌いだ。

私は碁や将棋、玉突、麻雀《マージャン》いずれも嫌いだ。麻雀などは見たこともない。野球、庭球、ゴルフなどのスポーツも同様だ。剣術や柔術なども嫌いだ。角力《すもう》なども一向に見たいと思わぬ。野球が盛んだという話は聞くが、神宮球場も、後楽園球場も、のぞいたことすらない。野球はほとんど半世紀前、私が仙台の二高の生徒であった当時、一高と二高との試合があったのを見ただけで、その後見たことはない。一高の選手には長與又郎君などがいたが、長與君は故人になった。二高の投手は馬淵雄五郎君、捕手は山田浩蔵君で、両人とも、私の親しい友人であったが、何年か前に没してしまった。

私はボートも漕いだことはない。松島を見物する船は、塩釜から、松島まで、一通りのきまった水路を通るだけで、一向に曲がない。松島の隅々まで見て回るのには、どうしてもボートで縦横に漕いで回るより外に仕方がない。私は度々、江橋活郎君や宇野要三郎君などの選手に伍《ご》して、そのボートに同乗して、松島の隅々まで見て回った。なつかしい、快い思い出である。同乗しているだけで、少しも漕がず、その上、彼方《あっち》へ此方《こっち》へと指図をするのだから、選手の人々は定めて迷惑したであろう。しかし少しも迷惑がらず、よく誘ってくれた。その後五十年近くも、松島へは行ったことがない。も一度行ってみたいと思っている。

競馬も見たことがなく、また見たいとも思わなかったが、友人の弁護士小林一郎君が、是非《ぜひ》見てもらいたいというので、折角の勧誘で、先年の春初めて調布へ見物に出かけたことがあった。が、格別の面白さを感じなかった。これも二度と見ようとは思わぬ。

勝負事の雄なるものは、各種の賭博であろう。私は若いとき、刑事係の判事をしたから、職掌柄、各種の賭博の方式だけは、いくらか学んだことがある。しかし、自分でやったことはなく、現場も見たことがない。久しい前のこと、辰野保君が、博徒の花会を見て来たとて、宅へ来て、その話をしてくれたことがあった。賭場の空気や、その夜の様子を、いきいきと話してくれて、燈火の下、勝負を争う博徒の面魂が、眼の前に迫って来るように思われて、非常に面白かった。しかしこれは、辰野君の話術のうまさにつられたからで、賭博そのものに興味を感じたのではなかった。私は今でも、辰野君の話術のうまかったことを思い出しては感嘆している。辰野君没後、辰野君ほど、話のうまい人に逢ったことのないのは、一種の寂しさを感ずる。辰野君はじつに話術の達人であった。

私が勝負事の嫌いなのは、別に理由があるのではない。生来不器用であるために、碁将棋や玉突、麻雀などを解し得ず、運動神経が遅鈍なために、一切のスポーツに無縁になったのかも知れぬ。勝負事に興味がなく、スポーツに無縁になっても、別に口惜《くや》しいとも、残念だとも思わない。

勝負事の嫌いなのは、私の生まれつきかも知れぬ。しかし遺伝ではなさそうだ。私の亡父は青表紙読みで書や歌は上手といわれたが、武芸は下手であったそうだ。それでも碁ぐらいは打った。私の長男は水泳もやるし陸上競技もやったようだ。四十を越しても野球などをやっていた。次男も、少年のころ、少年野球の投手をつとめて、今でも時々ボールを握っている。どうも遺伝ではないようだ。

私の友人には運動家もあれば、勝負事の好きなのもいる。ある友人の如《ごと》きは、およそ勝負事なら、何でも好きだ。鶏の蹴合でも、犬の喧嘩でも、面白いという。私には鶏の蹴合や、犬の喧嘩などの、何処が面白いのかわからぬ。むしろそんなものを見るのは、たまらなくいやだ。勝負事の好き嫌いは交友関係に、何の支障もないようだ。

戦争も見方によっては、勝負事であろう。国の興亡を賭する、最も大仕掛けな、最も雄大な賭博であるかも知れぬ。私は戦争は嫌いだ。私の亡父は会津戦争で、敗戦の苦痛を満喫した。家は滅び、身は囚われ、散々な目に遭い、漸《ようや》く一命を取りとめたのであった。身体には、大きな弾痕があった。私も今度の戦争で敗戦のみじめさを、しみじみと味わった。親子二代に亙《わた》って、敗戦を体験したわけだ。もう戦争は懲《こ》りごりだ。しかし、戦争の好きな人も、世の中にはなくはない。近代戦では戦争見物などは思いも寄らぬことであるが、日本でも、元亀、天正の頃までは戦争見物が行われたようだ。騎馬武者が、旗指物をなびかせ、槍をしごき、薙刀《なぎなた》をふりかざして、入り乱れてのたたかいは、あるいは壮観であったかも知れぬ。伊達政宗が会津の芦名(義広)と、磨上原《すりあげはら》で戦ったときも、見物が群をなして集まったそうだ。型破りの政宗は、いきなり、見物の群に槍先を向けたので、見物は驚き怖れて、芦名の陣になだれを打って、逃げ込んだ。そのために芦名の備えは、滅茶々々になって、総崩れに崩れてしまい、芦名は負けて、滅びてしまった。そのことは磨上原に建っている三忠碑にも書いてあったように思う。戦争見物などはいやな事だ。

戦争は嫌いだが、いくさの物語を読むのは好きだ。『平家物語』や『源平盛衰記』、『太平記』、『太閤記』などは愛読した。『三国志演義』、『水滸伝《すいこでん》』なども面白く読んだ。『戦争と平和』や、『レ・ミゼラブル』にある戦争のところは、退屈だという人もあるが、私にはすこぶる面白い。歴史で読んだだけでは物足らぬ、ナポレオン戦争なども、これらの小説を読むと、映画を見るように、活《い》き活《い》きと展開する。私は好きだ。

講釈師の読む修羅場を聞くのも、私は好きだ。三方ヶ原の戦などは何度聞いたかわからぬが、いつ聞いても面白かった。近ごろさっぱり聞かない。恐らく修羅場読みはすたれたのであろう。しかし講釈師は、修羅場読みで鍛えなければ、ホントウの講釈師にはなれぬそうではないか。落語家の人情噺《ばなし》と講釈師の世話物との間には、判然たる区別があった。それが段々にくずれて来て、講釈も、落語も面白くなくなって来たのではあるまいか。どんなものであろうか。

勝負事は嫌いだが、ただ一つ例外がある。訴訟も見方によっては、勝負事であるかも知れぬ。裁判をするのは私の職務である。嫌いだとは云われぬ。事実、嫌いではない。好きなのだ。立派な弁護士が、原告、被告にわかれて、あらゆる智術を傾倒して攻撃防御の争を演ずるのは、川中島の一騎打を見るように、壮烈極まる感がする。証拠調べの度毎《たびごと》に、あるいは利益になったり、あるいは不利益になったり順次展開して大詰めに到達するまでの経路は、いうにいわれぬ面白味がある。事実の証明と、法律の技術が縦横に錯綜して、けんらんな絵巻物を展《ひろ》げるような気がする。勝負事の嫌いな私が、訴訟だけは好きだというのは、奇妙なことではあるが、致し方ない。元来好き嫌いは、理屈の問題ではないからである。先日放送局の人が来て、あなたは音楽の内で何がお好きですか、ラジオで何を御聞きになりますかという質問であった。私は大阪の義太夫と、東京の新内が好きなだけで、その他は殆《ほとん》ど聞きませぬと答えたら、その人はこれは驚いたといっていた。私は音痴で、音楽は全くわからぬ。しかし、義太夫と新内だけは、聞くと面白い。別に理由があるわけではない。それもラジオで聞くのでは、どうも満足が出来ぬ。これは私のラジオのセットが良くないためかも知れぬ。上等なラジオは余《あま》り聞いたことがないから、何ともいわれぬ。

勝負事が嫌いで、訴訟だけが好きだというのも、新内と義太夫だけが好きで、その他の音楽が嫌いだというのと同じく、嗜好《しこう》の問題だから、どうにもならぬ。訴訟が好きだといっても、私は、自分が当事者となって訴訟を起こしたことはない。従来権利を害せられたことがなかったからだ。若《も》しも、今後、私の名誉が毀損せられ、私の権利が侵害せられたという事柄が起こったとしたら、私は訴訟を提起するのに、いささかもためらわぬつもりだ。私は他人から訴えられたこともない。私は義務の履行を怠ったり、他人の権利を侵害したことがなかったからだ。私は自分の義務は履行する。他人の権利は尊重する。恐らく今後も、訴えられることはあるまい。

とにかく勝負事は私は嫌いだ。自分でやるのも、他人のやるのを見るのも、いずれも嫌いである。

（昭和二十四年三月）

飼犬の事

私の小田原の宅では、ワイヤーヘアーを飼っておりました。今は亡くなった私の四男が、大の犬好きであったからです。実は小田原の宅も、その子の病気療養の為《ため》に建てた茅屋でした。病児はその家で、犬を愛し、目白を愛し、草花を愛し、余念なく遊んでおりました。

ワイヤーヘアーは三匹の仔を産みました。やがて親犬は死んで、二匹の仔犬は他へ貰われて行きました。その後病児は病気の進むようになって、療治の都合上、東京渋谷の宅の方へ引き移りました。仔犬と目白を一緒に伴って参りました。

病床の窓に、目白の籠をつるし、毎日、目白の囀《さえず》りを聞き、楽しみとしておりました。病床の窓前に、犬小屋を設けて、犬をながめて、よろこんでおりました。その犬の名をハチと呼びました。眉の形が八の字のような毛並みであったからです。

支那事変が始まった頃でした。繋《つな》いで置いたハチの近くへ近所の子供さんが来て、からかったとみえて、ハチはその子供さんに嚙《か》みつきました。子供さんの泣き声で、驚いて家人が出てみると、お尻のあたりに嚙み傷があって、血が流れて大声で泣きつづけるので、早速近所のお医者へ伴い、手当てをして頂いて、その御宅へ送らせました。

負傷は間もなく治りましたが、治らぬのはその親御さんの憤慨でした。子供に嚙みつくような犬は殺さなければならぬとて、今にも刀を持って斬りに来るという剣幕でした。

病児は心配しました。病床にあってヒドク心配しました。犬の殺されるのは、堪えがたい苦痛でした。何とかして助けてやりたいと心を痛めておりました。併《しか》しハチと離れ、ハチを他へ遣わすのは、忍びがたい様子でした。

近所の子供さんに嚙みつき、その親御さんを憤らせたハチを、そのまま置くことは、私達としては出来ないことでした。気の毒ではあるが、他へ遣わすより外あるまいと決心しました。そして病児にもとうとう納得させました。

やがて貰い手がきまりました。或《あ》る朝貰い手が訪ねて来ました。病児は自らハチを抱き、櫛を以《もっ》て毛をとかし、粉をふりかけて化粧をし、見違えるような犬振りに致しました。貰い手が犬を連れて出ていくときは、涙を流してハチやハチやと呼びました。犬もふり返って鳴きました。

その後も始終ハチの事が念頭を離れ兼ねて、ハチはどうしていることかと、噂をしてばかりおりました。併しどうしているか、更に消息はありませんでした。

その後間もなく病児は亡くなりました。ハチの消息も一向にわかりません。無事に生きているか、それとも戦災で斃《たお》れたか。病児の愛した目白は戦災で、焼けてしまいました。なにしろ、三十数個の焼夷弾が一度に落ちて来たので、目白を助ける暇などもなく、命からがら遁《のが》れたので、とうとう殺してしまいました。気の毒なことをしました。それ限り犬は飼いません。

（昭和二十三年四月）

能私語

戸川秋骨君（英文学者）は能楽の礼讃者であった。そして喜多六平太の礼讃者であった。私は能楽の話と、六平太の話をよく聞かせられた。六平太のような能役者は、百年に一人生まれるか、二百年に一人生まれるか判《わか》らない。当代に生をうけて、六平太の至芸を見ないような輩《やから》は、共に芸術を談ずるに足りぬと言うのが、秋骨君の持論であった。

秋骨君は、私に能を見せたい、六平太の能を見せたいとて、幾度も、幾度も能楽堂へ招かれた。私はその好意を感謝しながら、事に託し辞を構えて、一度も折角の招待に応じたことはなかった。戸川君の没後、今にして思うと、まことに済まなかった。当時私は能は見たくなかったのだ。秋骨君があまり熱心なので私は能を見たくないのだと、同君に率直に打ち明けかねたのだ。それには聊《いささ》か私だけのわけがあるのだ。

今から六十年も前になる。私の家は牛込の矢来（新宿区）にあった。父は宝生流の謡曲を嗜《たしな》んで、猿楽町（千代田区）の松本金太郎に師事していた。宝生の月並能には欠かさずに出席した。私はいつでも連れていかれた。迷惑したのは私である。日曜日に友達と遊ぶこともできず、一日はかまをはいて、行儀よく座って御能を拝見するのはなかなかの難儀であった。それも熊坂とか、土蜘蛛《つちぐも》とか、望月、鉢木《はちのき》、夜討曾我《ようちそが》、小鍛冶《こかじ》などなら筋も判るし退屈どころか面白くもあった。熊坂長範《ちょうはん》が、眼光らん〳〵たる魁偉《かいい》の面をつけて大長刀《おおなぎなた》を提げて橋掛《はしかけ》へ現れたときなどは、その堂々たる様子に身も魂もひきつけられた。吹けば飛ぶような子方の牛若などは、物の数ではないように思われた。土蜘蛛の蜘蛛の糸も面白く、勇ましい一人武者も気に入った。

しかし、いつでも、そんな能ばかりあるはずはない。草紙洗《そうしあらい》、卒塔婆小町《そとばこまち》、野宮《ののみや》、弱法師《よろほおし》、松風、熊野《ゆや》などになると、筋も判らぬし、のろ〳〵のそ〳〵と、女や老人が出て来るだけで何をしているのか、何をうたっているのか、さっぱり見当もつかず、退屈に退屈した。父はと見ると、身体中を緊張させて、さも感に堪えたように拝見している。能の世界は、子供には判らぬ世界だと思った。

その頃、私の宅に祖母の米寿の祝があった。御客は御隠居様御一人であった。御隠居様というのは今の松平（恒雄）参議院議長の御父上の、松平容保《かたもり》公のことで、父の旧主である。小鼓を打たれるので、御相手に、宝生九郎と、松本金太郎が来ていた。御隠居様は黒羽二重の御紋服で、端然としておられる。房々《ふさふさ》した真白な眉毛が目につく。謠《うたい》が始まる、小鼓の音がする。父も名人の九郎、師匠の金太郎の尾に附いて謠う。恐らく父の一世一代の晴の座であったのだろう。慶応の年以来、幾多の艱難《かんなん》を閲《けみ》し来たった父の一生に、この日ほど幸福の日はなかったに相違ない。

やがて父は地方へ転任し、私は御能拝見の御難を免れたのである。十年ののち父は役人をやめて、閑散になったので、わざわざ謠曲の修業に東京へ出て来て、松本金太郎のところへ通っていた。朝長《ともなが》を習っていた。そのうちに病気になって、東京の客舎で亡くなった。病床でも朝長を口ずさんでいた。子供のときの懲りごりした経験から、私は能を半世紀以上も見たことがない。

ところが近ごろになって、不思議なことに、しきりに能が見たくなった。宝生九郎や、松本金太郎や、子方であった松本長《ながし》などの面影が目に浮かぶ。浦島太郎に似た、ふる里へ帰りたくなったような心地がする。それにもまた、いささか私だけのわけがあるのだ。二十数年も前になる。私の旧友の山内という医学博士が、フランスから帰って来て、三宅坂の上に住んでいた。私の事務所は日比谷にあったので毎日のように、食後のひと時を、山内のところへ出かけて過ごした。

山内の部屋の一隅に机があってそこに俊敏な一人の青年が、いつでもノートを開いて熱心に記録をつづけていた。私は山内に「何を毎日あのように熱心に書きつづけているのだ」と質問した。山内は「あれは変わった人間で、東京の能という能を、漏れなく見て回り、自分の記憶と、心覚えに書きとめてきた紙片とを整理して、その日その日の能の面、装束、舞の手、足の運びなどから、つくりもの、囃子《はやし》などに至るまで一切のことがらを、詳細丹念に記録しているのだ。見たまえ、その記録はもうあんなにたまったのだ」と。なるほど中判のノート・ブックが何冊か傍に積み重ねてあった。私は不思議な青年だと感心した。能に関することを、あれこれと聞いてみると、流るゝように明快に答えてくれる。その後山内は三宅坂を退転してやがて死んでしまった。あの俊敏な青年は何処へ行ったのか、その消息は、私には判らなかった。

　それから二十年も経過した数年前に、あるところで能楽批評家の三宅襄《のぼる》さんに紹介された。顔を見るとなんとそれは山内のところにいたあの俊敏な青年ではないか。私は驚いた。当今能楽界に名声の高い三宅さんが、私の忘れていたあの青年であったのだ。姓名の異なっているわけを聞くと、三宅坂の上にいたので、三宅のぼると号したのだそうだ。二十年の能楽の熱心な研究と、その丹念な記録とが、今日の三宅さんの知識の基礎をなしたことはいうまでもない。私は深く同君の大成を喜んだ。三宅さんには、能楽に関する数種の著述がある。三宅さんはそれを贈ってくれた。私は昨年の秋から今年の春まで、病院で暮らした。病床のつれづれに、三宅さんの本をあれこれと読んでみた。そして数十年前に観た能の記憶が、朧気《おぼろげ》ながら、なにくれと思い出される。しきりに能が見たくなって来たのだ。

　私の健康がも少し回復したらばぜひ三宅さんに案内してもらって、能を見るつもりだ。

今度は前に退屈に退屈した草紙洗、卒塔婆小町、野宮、弱法師、松風、熊野などを、今は亡き父がしたように、身体中を緊張させて拝見したいと思う。定めて感に堪えるであろう。少しは幽玄の趣を味わい得るかも知れぬ。宝生流の能はぜひ見たい。九郎も、金太郎も、子方で舞台に出ていた松本長も、今では皆故人である。松本長は、私と大差ない年頃のように思う。存命ならば、今でも舞台に出ていたであろうのに惜しいことをした。

秋骨君のすすめてくれた喜多の能も見たい。六平太は老いたろう。あとつぎの実の芸を見たいものだ。ただ一つ朝長の能だけは見たくない。朝長は不運な人であった。父は朝長を謡って亡くなった。私は朝長を見るに忍びない。

(昭和二十四年八月)

花

私は毎朝小田原駅で乗車して通勤する。乗車口の横に畳敷の台を設けて、みごとな生花がいけてある。私はこの花を見るのを楽しみにしている。雑踏して乗客のひしめく中に、花のみは静かに微笑して客をながめている。私はいつでも、暫《しば》し佇んで、花を観る。そして心のなごむ、一種のよろこびを感じる。ありがたいことだと思う。札には宏道流心和会と記してある。その会がどんな会か、どういう方々の企てか、私は一切知らぬけれども、毎朝この花をいけるのは、並大抵の苦心ではあるまい。併《しか》しこの花と、その方々に感謝する人々は少なからぬことであろう。

近頃は口腹の糧が乏しき為に、兎角《とかく》人の心が荒涼として、とげとげしくなっている。併し心の糧は無限にある。少なくとも心の糧を摂取していれば、荒涼たる気持ちは減退し、とげとげしさはなくなって来るように、私には思われる。

心の糧には色々ある。花もまたその一つである。必ずしも珍しい、貴い花でなくとも、野の花、山の草にもそれぞれの趣がある。私の宅では今日は粗末な籠に、菊芋の黄色い花を入れて土間の柱にかけ、友達の切ってくれた竹筒に、薔薇《ばら》の紅い花を入れて座敷に置く。二、三日前には、さつま芋の紫の花を入れた。その前には撫子《なでしこ》とひる顔の花を入れた。いずれも平凡ではあるが、とりどりの風情があって面白い。花は私の心の糧である。

茶人は投入の一輪に苦心すると聞く。一輪の花に、その芸術と精神とが投げ入れられるのであろう。私はそんなむずかしいことをまねする気持ちはない。私は分相応な畑の花や、野の花を切って、挿したり入れたりするだけである。

小田原では、仕合《しあわ》せなことに丘陵を散歩すると、季節々々に色々な花が咲く。山草、野花がいくらも見当たる。併し東京のような都会ではそうは行かぬ。花屋の花は税金が高い為に、価が高くなり、容易に手に入れ兼ねるありさまだという。一杯の花が数十円も数百円もするようでは、一日か二日の為にそれだけの値を払うことはむずかしい。子女に花の稽古をさせるにも、花代が高い為に思うに任せぬ現状だという。私は課税の事は知らぬが、花の税金はそれほど多額に上ることはあるまい。花は贅沢だというので課税するというのならば、私には異議がある。花は人生にはなくてはならぬ心の糧の一つである。決して贅沢品ではない。尤《もつと》も一杯数百円もするような珍しい花や、貴い花は課税してもよかろう。野菊や紫苑《しおん》、撫子やひる顔のような野花に対しても課税するのはどうであろうか。

日本人は花が好きだ。裏店の路地、九尺二間の長屋に、一鉢二銭位《ぐらい》の朝顔の鉢を幾つかならべて、荒くれ男が水を注いでいる風景は、以前、ざらにあったものだ。夏の夕、縁日の植木店に人だかりがして、それぞれ鉢植を買って帰るのが、民衆の楽しみの一つであった。

口腹の糧の乏しい今日、せめて心の糧である花ぐらいは、人々が容易に買い得るようにはならぬものだろうか。それはどれだけ人々の心を落ち着かせ、なごやかにするであろう。少なくとも荒涼たるとげ〳〵しさを緩和し、お互いの生活を平和に明るくするのに役立つであろう。

さつま芋の花、菊芋の花でも、撫子やひる顔の花でも、ありふれた薔薇の花、野菊、紫苑の花でも、いずれも皆珍しい花や貴い花に劣らず私の心の糧となってくれる。ありがたいことだと思う。

小田原駅の生花をいける方々の苦心に対して、私は深い敬意と感謝の意を表する。

（昭和二十二年九月）

荘内中学の想い出

私は五十年前に、荘内中学を卒業しました。十五の歳の秋に、郷里の会津の中学から転校して、十九の歳の春迄《まで》、三年半の間、荘内中学で教育を受けました。顧みるとなつかしさに堪えませぬ。

その当時私共の一家は、若松から人力車で新潟へ出て、それから更に日本海に沿うて泊りを重ね、何日目かに鶴岡へ着いたのでした。父が西田川郡長に転任したので、私も転校することになったのです。

卒業した年に、仙台へ参りました。わらじをはいて、荷物を肩にかけ、むすびを腰につけ、清川から、最上川に沿い関山峠を越えて、仙台へ着きました。初の日には脚が重く、二日目には足が痛み、三日目にやっと気持ちも軽くなり、踊るように仙台へ乗り込んだことを覚えています。

中学時代は、少年の一番大事な時です。その大事な時を、私は荘内中学の生徒として、荘内中学で教育を受けたことを、私の一生の幸福であったと思います。そして、限りなき感謝の念を抱きます。

中学はまだ校舎の新築の出来る前でした。酒井様（旧荘内藩主）の御屋敷を校舎にしたので、教室の中に柱があり、隣の教室とは唐紙で隔ててあり、廊下の杉戸には、彩色の絵が剝げ落ちておりました。卒業間際に、立派な校舎が新築せられて、引き移りました。

良き先生が多くおられました。そのお蔭《かげ》で、私の学問の根底が出来、私の人間の土台がきずかれたのだと思います。その先生方は悉《ことごと》く皆、この世にはおられませぬ。回想してその面影をなつかしむばかりです。

机をならべて勉強し、朝夕親しく交わった友人も、多くは墓に眠りました。その友人達と、金峯山へ上ったり、湯野浜へ出かけたりした記憶が、映画のように、眼前に展開します。少年の頃の思い出は楽しく、なつかしく、また涙のおちるような気が致します。

日本に中学は多くありましたが、私にとっては、荘内中学こそ最良の中学でありました。

私は此《こ》の最良の中学で、日本第一の教育を受けたのだと思います。感謝しきれぬ気持ちが致します。

荘内中学は漸次発展して、この度は山形県立鶴岡第一高等学校となったと聞きます。そして創立以来六十年になるので、その記念のお祝いがあるそうです。私も卒業生の一人として、列席したいと思いますが、身辺の事情で、思うに任せず、残念に存じます。

今の学校は五十年前とは、全く面目を異にしたでしょう。内容も充実し、設備も良くなったでしょう。他日ぜひ参観に参りたいと思います。

荘内中学は数多くの英才を輩出せしめました。その後身たる今の学校も、それにも増して多くの英才を輩出せしめるでしょう。今の時に一番大事な仕事は教育です。次の時代の担い手をつくりあげる教育よりも、大事な仕事はありませぬ。

荘内中学の後身たるこの学校が、教育の使命を自覚して新しき日本を創建する大業に馳せ参ずる為に、先生方も、生徒諸君も、真剣になって努力せられ、真に日本第一の高等学校たる実をあげ、光り輝く学校たらしめるよう、切にお願い致します。これが六十周年のお祝いにあたり、私の希望し、念願する只《ただ》一つの言葉です。

（昭和二十三年七月）

佐藤元萇と白楽天

諏訪常次郎さんは、会津先賢の筆蹟を数多く蔵して居られる。先年私に、佐藤元萇《げんちょう》の書を割愛せられた。私は早速装潢《そうこう》して楣間《びかん》に掲げ、日夕仰いでながめている。「優哉游哉」の四字の額で「白香山語、應渠《おうきょ》」と款《かん》してある。

佐藤元萇はそれ程の聞人ではない。私は僅《わず》かに『大日本人名辞書』に依《よ》って、その生涯を知り得たに過ぎぬ。「佐藤元萇字《あざな》は賜萇、應渠と號《ごう》す。会津の人。年十三、父を喪ひ母と居る。学を高津淄川《しせん》に受く。後江戸芝浦の藩邸に移り、筆耕傭書以て米塩に充て、日に往いて、医を多紀茝庭《さいてい》に学び、業大に進む。藩主、その孝勤を憫み、俸を賜ふ。多紀塾の都講となる。米艦浦賀に来り、牛痘の術を伝ふ。元萇その理を講究し、嘉永六年三月、会津に帰り、広くその術を行ふ。四年、幕府命じて、医学館医書校正を為さしめ、五年、医学館講師に任じ、毎歳銀若干を賜ふ。萬延元年九月、医学館、医心方を刻す。その校正の労に居る。乃《すなわ》ち銀若干を賜ひ、擢《ぬき》んでて医学館教授となす。文久三年二月、将軍、謁見を賜ひ、袋杖登城を許す。十月、藩命を奉じて京師に入る。海道の諸関、輿《こし》を下らず。蓋《けだ》し特例なりと云ふ。明治維新後、千住に隠居し、三十年八月七日歿す。年八十。東京浅草正覚寺に葬る。感咏一貫、医家年譜、詩文集等の著あり」以上が人名辞書の記するところの大要である。

私は元萇の事蹟を伝えんとするのではない。『感咏一貫』も、『詩文集』もついぞ、見たことがないのである。浜野知三郎の書いたものに依って、森鴎外は少年の頃、元萇先生の門に入り、漢詩漢文を学んだことを知ったに過ぎぬ。鴎外の父も医師で、千住に住んでいたそうであるから、恐らく元萇の学問人物を尊敬して、自分の愛子を、その門に学ばしめたのであろう。元萇は当時、千住に隠れ住んで居たのである。

諏訪さんに頂いた額にある「優哉游哉」の四字は、誰でも知っている成語である。然《しか》るにわざわざ白香山語と款したのは、如何《いか》なる理由からであったろうか。私は不思議に思いながらも、質すべき人もいないので、そのまま歳月を経過してきた。

然るに先頃偶々《たまたま》『白楽天詩集』を読んでみると、その前集巻六閒適の部に、詠拙一首がある。

拙を詠ず

稟《う》くるところ、巧拙あり。改むべからざるものは性なり。
賦《う》くるところ、厚薄あり。移すべからざるものは命なり。

我が性は拙《つたな》くして惷《おろか》なり。我が命は薄くしてたもとほる。
我何を以て知るかと問ふ。知るところまことに因あり。
亦曾《またかつ》て両足を挙げ、人を学んで紅塵《こうじん》をふむ。
これによりて性の拙きを知る。転ずること輪の如くなるを解せず。
亦曾て六翮《かく》をふるひ、高く飛んで青雲に到る。
これによりて命の薄きを知る。摧《くだ》け落ちて逡巡せず。
貴を慕ひ、賤を厭《いと》ひ、富を楽んで、貧を悪《に》くむ。
此の天地の間を同じうし、我豈《あ》に人に異ならんや。
性命まことに此の如く。反すれば則ち苦辛となる。
こゝを以て自ら分に安んじ、窮すと雖《いえど》も毎に欣々たり。
茅を葺いて我が廬《いおり》となし、蓬《よもぎ》を編んで我が門となす。
布を縫うて袍被をつくり、穀を種《う》へて盤飧《ばんさん》に充つ。
静に古人の書を読み、閑に清渭の浜に釣る。
優なるかな、また游なるかな、聊《いささ》か以て吾が身を終へん。

私はこの詩を読んで、初めて「優哉游哉」に、佐藤元萇が、白香山語と款した所以《ゆえん》を知り得たことをよろこんだ。

元萇はこの詩を愛誦して、自らを白楽天に比したのであろう。白楽天が曾て両足を挙げ、人を学んで紅塵をふみ、六翮をふるい、高く飛んで青雲に到ったと同様に、元萇も、また曾て、将軍に謁見を賜い、袋杖登城を許され、藩命を奉じて京師《けいし》に入るや、海道の諸関、輿を下らず、頗る華々しい、得意の境に処したのであった。併《しか》し、明治維新とともに、転ずること輪の如くなるを解せず、摧《くだ》け落ちて逡巡せず、千住に隠れ住むようになったのである。性の拙、命の薄を自覚して、足るを知り、分に安んじ、窮すと雖も欣々とし、貧なりと雖も晏如《あんじょ》とし、茅を葺いて我が廬と為し、蓬を編みて我が門と為し、布を縫うて衣衾《いきん》をつくり、野菜をつくって食膳にのぼせ、そして静かに古人の書を読み、閑に綾瀬あたりで鮒《ふな》でも釣って、天地の間に優游《ゆうゆう》し、我が生を楽しんだのであろう。茲《ここ》に至ると元萇の心境は白楽天の心境と全く合一し、白楽天と元萇とは二者一体となって、いずれが楽天か、いずれが元萇か、いずれが楽天の詩か、いずれが元萇の詩か、これを弁別することが出来ぬに至ったに相違ない。されば「優哉游哉」の四字は、白楽天の語であると共に、元萇の心境を如実に物語るように感ぜられる。私は「白香山語」と款した所以を識り得たように思われて、ひそかに微笑を禁じ得なかった。

かくてこの額をふり仰ぐと、千住に隠居し、静かに古人の書を読み、閑に清滑の浜に釣り、優游して我が身を終えんとした、佐藤元萇その人の一生が、歴々と眼前に繰り展《ひろ》げられるような心地がする。白楽天は達人、達者と称せられている。具《つぶさ》に人の世の栄枯盛衰を知りぬいて、性と命とに安んじ、七十五年の一生を優游して送ったのである。元萇もまた、達人と称し、達者と称せらるべき人であろう。具に人の世の栄枯盛衰を閲し来って、性と命とに安んじ、八十年の生涯を、優游して送ったのである。私はいまだ性と命とを知るの境地に達していない。併しこの額を見つめていると、人の性と命とを学び、人の一生を学び得るように感ぜられて、多少の感慨を禁じ得ない。私はいつ迄もこの額を愛蔵して、元萇と白楽天とを永く永く敬愛したいと思う。

（昭和十六年十二月）

【追　記】

この額は、小田原の小廬《ろ》に置いたので、倖《さいわい》に戦災を免れた。今日私の蔵する唯一の額となった。諏訪さんは戦争中に没せられて、この額はその形見となった。仰いで「優哉游哉」の文字を見るごとに、諏訪さんのありし日の事が、なにくれとなく想い出される。諏訪さんの面影は、いつ迄も、私の胸中に生きていることであろう。

（昭和二十五年一月）

規律を守る心

私の友人池田潔君は、少年のとき、英国に渡って、リースのパブリック・スクールで教育を受けて来た人である。次の話はその当時の話である。

「学校の特約理髪店は小さな質素な店でよく満員だった。町には学校の特約店ではないが、もっと静かで設備のよい店があった。（学校の生徒は、特約店以外の店へ行ってはならぬ規則があったのだが、）リースに入学して間もなく、急いでいたのでつい悪いと知りつつ、校帽を懐に納《しま》ってその店に入ったことがある。いい心持ちで半分刈上げさせて、ふと鏡に写った隣の客の顔を見た。校長の顔である。途端にそれに並んだ黄黒い方の顔が土管色に変わった。胸算用で、やがて申し渡されることを覚悟した罰の量を当たってみる。」

「まだ貴方《あなた》には紹介されたことがないのに、突然、話しかけて失礼だが……。私が校長を勤めている学校に、やはり貴方と同じ日本人の学生がいてね。もし逢うような序《ついで》があったら言伝《ことづ》てしてくれ給え。この店にはリースの学生は来ないことになっている、と。」

「この店で髪を刈ることが悪いことなのではない。ただリースの学生の行く床屋は別に決まっていて、リースの学生は皆そこに行くことになっている。あの日本人の学生は入学したてで、まだそれを知らないらしい。何？　知っていた？　君は知っていたかも知れないが、あの学生は知らなかったに決まっている。知っていたら規則を破るようなことはしないだろうから。」

「悄然として立去ろうとする後から、小声で、ここは大人の来る店だから心附《こころづけ》が要《い》る。これを渡しておき給え。何？　自分で払う？　一週間分のお小遣ではないか。そして突然大きな声で、子供はそんな無駄費《づか》いをするものじゃない。」

これは池田君の新著『自由と規律』（岩波新書）からの抜き書きである。池田君は骨身にこたえて、学校の規則は守らなければならぬことを教えられた。そしてその後は、規則に反するようなことは、何一つしなかったそうだ。

パブリック・スクールの躾《しつけ》はきびしい。一週間に一度、理髪店、洋服店へゆくため、約三十分の外出が許される外は、門外絶対不出である。その外には、一学期に二回の休日があるだけである。それも博物館へ行くか、川や郊外にピクニックに行くかに限られて、劇場や、映画館などは立ち入り禁止である。規則に反すると、きびしい罰を受ける。

イギリス人ほど、自由を尊重する国民はない。しかしイギリス人ほど、規律を守る国民もない。規律を守ることは、イギリス人の国民性ともいわるべき特質である。イギリスの子供は、家庭でも、学校でも、あらゆる機会に、規律を守ることを骨の髄に滲《し》み込むまでしつけられる。叩きこまれる。リースのパブリック・スクールでは、特に烈《はげ》しく、厳しくしつけられる。規律の内容の如何を批判して、守るか、守らぬかを決めるのではなく、それが規律であるが為に、これを守るのである。

日本の家庭でも、学校でも、も少し規律を守ることを教え、しつける必要があると、私は思う。近来、日本の青少年は、大人も同様であるが、兎角、規律を無視するきらいがある。汽車や、電車の乗降のありさまを見ても、公園や、庭園の荒らされる様子を見ても、不良の徒の横行闊歩《かつぽ》する情況を見ても、このことは、直ちにわれわれの眼につくことである。

日本人も、イギリス人と同様、自由を尊重する国民であると共に、規律を重んずる国民でありたい。自由の伴わぬ規律は、ほんとうの規律ではなく、規律の伴わぬ自由は、ほんとうの自由ではない。規律が守られて、初めて、自由は自由となる。規律を守ることは各人の躾であり、たしなみでなければならぬ。以前の日本人は、相当に規律を守った。家庭なり、世の中なりで、その訓練をし躾をしてくれたのである。

万一、規律に叛《そむ》き、罪を犯したら、男らしくこれを認めて罰を受けよ。これがパブリック・スクール精神といわれる。リースでは、学年の最終の日曜日の礼拝は、必ず校長が自ら司祭して、卒業生に餞《はなむけ》の言葉を贈るのが例である。池田君の卒業のときには、その言葉の中に、次の様な意味のことがあったそうである。
「一つのクラスがそのまま社会の縮図である以上、あるいは諸君の中から刑法を犯した罪人が出るかも知れない。男らしく己の非を認め潔く規定の服罪をすませた後は、彼とても母校は悦《よろこ》んで迎えるであろう。ただその然らざるもの、罪を犯して逃れんとするもの、罪を他に転じて一人免れんとするものに対しては、リースの鉄門は永久に開かずの門たることを承知すべし。男児は、罪悪においても、なお、男児らしくあれ。」

実に良き言葉である。私はこの校長先生に敬服する。規律を守ることも、罪を犯して男らしくその罪を認め、潔く罪に服することも、いずれも勇気がなければ出来ぬことである。道徳的勇気が肝要である。道徳的勇気があって、初めて規律を守ることができ、道徳的勇気があって、初めて男らしく罪に服することが出来る。ここに自由が初めて保証せられる。自由は飽くまで尊重しなければならぬ。それと共に規律は飽くまで守らなければならぬ。規律こそ、世の中の秩序を維持する根幹であるからである。

青少年のときから、厳しく規律を守ることを教えられ、規律を守るようにしつけられ、それが人々の習性となり、それがイギリス人の国民性といわれるようになったことは、われわれの学ぶべき事柄であろう。

われわれは、よく規律を守り、万一罪を犯した場合には、潔く、男らしく罪に服し、決して卑怯の振舞いをしないようにと心掛けたい。この心掛けが、一般のたしなみとなり、躾となるようにありたいものだ。私は池田君の新著を読んで、つくづくと、この事を考える。

（昭和二十五年二月）

コールド・レーキ師とそのお母さん

小田原板橋に、故・室田義文氏の建てた黒光りのする大きな田舎家の茶室がある。その茶室に、コールド・レーキ師は住んでいる。師は終戦後、豪州から来た聖公会の司祭である。

日本が英米に戦を宣した日に、師は豪州で、その報道を聴いた。そして考えた。これは日本が負けるにきまっている。日本が負けると、日本人は惨憺《さんたん》たる境遇に転落する。このみじめな日本人の魂を救済するのが、自分に課せられた使命であると。それで、その日から日本語を学び始め、シドニー、メルボルンの大学へ出かけ、東洋学の教授について、日本の歴史、地理、風俗、習慣その他諸般の事柄を学んで、準備を整え、一人の老母を、故国へ残し、万難を排して、単身、日本へ渡来したのである。

いつぞや私は汽車の中で、電気技術家のS氏に逢った。S氏の話によれば、コールド・レーキ師は、室内の電線配置の設計をS氏に頼んで、その設計が出来ると、更に工事の見積を依頼したそうだ。見積を見て師は「これは自分には高すぎるからやめにします」といった。S氏は「支払いはその筋でするのだから、設計通り工事をしてはどうですか」とすすめた。すると師は「そのことは自分も知っています。しかし、その金は、やがて人々の肩にかかります。これほど苦難に喘《あえ》ぐ人々の肩に、自分一人の便利の為に、更に重荷を加えることは自分には出来ませぬ。自分のポケットから支払うとよいのだが、自分の月給は僅少で、到底その支払いに堪えませぬ。やめにするのが一番よい方法でしょう。自分が不便を忍べば、すむのだから。」といって、ついにそのままにしたそうである。

師の住んでいる田舎家の広間は、二十五畳程の板の間である。いくら小田原でも、風は吹き込むし、屋根裏は高いし、かなりに寒い。火鉢を置くと頭痛がするとて、火鉢は使わない。もちろん電熱器も使わない。或る人が、石炭を分配してもらって、ストーブを焚《た》いたらとすすめたそうだ。すると師は「日本人が石炭なしで暮らしているのに、自分だけ石炭をたくのは好みませぬ」と答えたそうだ。そして外套《がいとう》にくるまって、火の気のない、広い板の間で、せっせと仕事をしている。これまで、六十度(華氏)以下の部屋に住んだ経験がないそうだ。なるほど豪州は常夏の国であった。あるとき私は「寒くてさぞ御困りでしょう」とたずねてみた。師は笑いながら「いくら寒くとも、寒いだけでは、死ぬこともありますまい」と平気であった。

一昨年のクリスマスに教会で式が終わったあと、師は会員一同に「次の部屋へ御出で下さい。私のクリスマス・プレゼントが用意してあります。」というので、一同は何があるのかと行ってみた。すると、そこには数十人分の食事が用意してあった。しかも各々の丼には、米の飯がうず高く盛ってあった。まさか、師が米を闇で買ったのではあるまいし、どうしてこんなに米をあつめたのかと、一同は不思議に思ったそうだ。その米は師が日本へ来て以来、この日のために、一粒も消費しないで、保存しておいたのであった。米を差引いて、パンの配給の足りないときは、パンを粥のように煮て、間に合わせていたそうである。これも私はその教会の会員であるS氏に聞いた話である。

或る日私は師を訪ねた。師は大事そうに、紙づつみを取り出して、あけて見せてくれた。中には、バラ、スミレ、パンジー、スズラン、ワスレナグサその他私の名を知らぬ十種余りの草花が、押花になって、はいっていた。

一枚のカードに、花のリストをつくり、自園の花と書いて、師のお母さんの署名がしてあった。遥々《はるばる》と豪州から、心を籠《こ》めて、贈られた押花である。師は濃紫のスミレを取りあげて、その残りの香をかぎ、しみじみとした様子であった。お母さんの朝夕をあんじたのであろう。

師の机上には、白髪童顔、眼鏡をかけて、ほほえんでいる老婦人の写真が飾ってある。お母さんの写真である。

師はいう。「豪州では、日本の製品は廉価であったので、誰でも一度は買ってみました。しかし粗悪で役に立たぬのに愛想をつかし、二度と買う人はありませんでした。そんなことで、豪州の人々は、下等な人間だとして、日本人を憎悪しました。特に今度の戦争以来、日本人を憎悪する感情は更に更に増進しました。しかし、自分の見るところでは、日本人の中に敬愛すべき人は沢山ある。日本人はかく憎悪すべき人々ではない。豪州人のひたむきの憎悪は誤っています。私は日本人の真相を説き、豪州人の誤解を解くために、毎月、母に手紙を書きます。すると母は自分で、その手紙のコピーをつくって、友人知己に配布します。コピーは次第に増して、近頃は二百三十通になったそうです。コピーを読んだ人々から、それぞれ自分に手紙が来る。かくして豪州人の誤解は、僅《わず》かながらも漸次解けて来るでしょう。自分は更によろこび勇んで手紙を書きつづけます。母もまたよろこんで、コピーをつくってくれるでしょう。」

師は一切の大工道具や、色々の道具を持って来た。机でも、本棚でも、皆自分でこしらえるし、靴でも、着物でも、皆自分で修繕する。他人の手にかけない。食糧は配給のパンその他の主食のほか、おおむね豪州から来る缶詰や馬鈴薯《ばれいしょ》で間に合わせ、日本人の食糧を、できるだけ減らさぬようにと心掛けている。簡素な、不自由な生活に甘んじて、よろこんで伝道に従事している。

昨年、東京へ出て来たとて、私の宅へ立ち寄り、一泊したことがある。そのとき「私は久し振りで、先日良き散歩をしました。」と云うから「何処を散歩されたのですか。」と聞いた。師は「小田原を出て、箱根を越え、五湖をめぐって、甲州へ入り、八ヶ岳の裾野を経、松本を通って、上高地から乗鞍の麓を回り、飛騨の平湯へ出て、高山まで散歩しました。愉快でした。山の中を一人で通るのは、危険だから、およしなさいと忠告してくれた人もありましたが、私は、日本人で私に危害を加える人はないと信じていますから、その忠告にも拘わらず、一人で、食糧一切を背に負うて散歩しました。高山から汽車で帰りました」と云った。私はその散歩の大仕掛けなのに驚いた。

私はコールド・レーキ師のような宗教家と知り合いになったことを幸とし、師と往来して、なにくれとなく物語るのを楽しみとした。昨年東京へ引越してから、その楽をたのしみ得なくなったことを遺憾としている。師は白皙《はくせき》長身の美丈夫で、今年三十八歳になる。

近頃の小田原だよりによると、師は先日、豪州へ行かれたそうだ。久し振りでお母さんに対面されて、お母さんも師も、何ほどかよろこばれたことであろう。対日本の感情の融和についても、定めていろいろと話されたことであろう。再び日本へ帰られる日を待って、私は師に面会して、種々の話を聞きたいものだ。私は師とそのお母さんの清福を祈る。

（昭和二十四年二月）

藤沢典獄を憶《おも》う

今から五十年も前のことである。藤沢正啓さんは、鍛冶橋監獄の典獄をしておられた。当時は、監獄の所管は内務省にあって、警視庁の第四部長が、鍛冶橋の典獄を兼務することになっていた。有馬四郎助氏が、教誨師《きょうかいし》の問題で、小菅へ転ぜられたあとへ、藤沢さんが選ばれて、警視庁第四部長になられたように聞いていた。

鍛冶橋内に官舎があって、学生の私は、よく官舎へ出かけて行った。私の仲よしの従弟が、藤沢さんの甥で、藤沢さんの官舎に御世話になっていたからである。

私は郷里の若松で、藤沢さんのお母さんをもよく知っていた。女丈夫と評判されたほど物やさしい内に、気丈なところがあって、頼もしい老人であった。お父さんの内蔵助という人は、ずっと前に没せられて、私は知らない。

鍛治橋の官舎へ行くと、藤沢さんは、われわれの心得となる事をいろいろと話してくれる。その間には、伏見鳥羽の戦争に出かけて、散々に負けた話もあれば、西南戦争に従軍していろいろと苦しんだ話もあった。西南戦争には、巡査として、警視庁の一隊に加わったのだそうだ。

監獄の役人になってから、年久しくなるので、その方面の話は、豊富な経験から割り出した、実際、実地の知識で、私はいつでも興味深く拝聴した。監獄の仕事は、一生の仕事とするに足りる。一時、私は監獄の役人になろうかと思ったことがある。それほど、藤沢さんの監獄談が、私を動かしたのだ。

藤沢さんほど、世上の知識に富んだ人には、私はついぞ、逢ったことがない。福沢諭吉は「鄙事《ひじ》多能年少春」と云う自作の詩を、得意で、よく、半切に描いた。少年のときから、鄙事に多能であったのだ。障子張、畳換、屋根普請、木の細工、金物細工、うるし細工、刀剣のつくろいなどと、大抵の事はやったそうだ。貧乏な家に生まれた為に、このような手仕事を内職にしたのだと、『福翁自伝』に書いてある。福沢さんが、世上の知識に豊富であったことは、福沢さんの学問が、実地、実際の学問となる根底を為したのであろう。明治の先覚者には、多くの学者があったが、福沢さんほど、実地、実際に重きを置いた人は外にはあるまい。福沢さんが多くの人に抜きん出て、西洋の実地、実際を学び、一世の指導者となったのも故あるのだ。

藤沢さんもまた、福沢さんのように、実地、実際の事にかけては、如何なる事でも、詳細丹念に知っておられた。世上の知識の豊富なことは驚嘆に値した。この実地、実際に即した知識と、監獄の多年の経験とで、卓越した識見を持っておられた。当時、小河滋次郎氏が内務省の監獄局にいて、日本一の監獄学者といわれた。藤沢さんは、小河氏とは特に懇親であった。思うに小河氏も、藤沢さんの実際の知識に、多く啓発せられたであろうし、藤沢さんも、小河氏の学問に、多く啓発せられたのであろう。

やがて監獄は司法省へ移管になった。鍛冶橋監獄はなくなって、市ヶ谷監獄が出来た。藤沢さんは市ヶ谷の典獄になられた。私の恩師石渡敏一先生は当時司法省の役人をしておられ、私は石渡先生の家の書生をしていた。藤沢さんは、石渡先生とも懇親で、よく訪ねて来られては、いろいろと長い話をしておられた。石渡先生も、藤沢さんの実地の知識と、見識とには、いつでも敬意を表しておられた。

私は学校を出ると、司法官になった。その後も、閑暇を得ると、よく市ヶ谷の官舎へ出かけて、藤沢さんの教えを受けた。ポツリ、ポツリと、余《あま》り上手でないその話し方が、妙に胸を打ち、心に潤む。何を聴いたかは、今になっては殆《ほとん》ど忘れてしまったが、藤沢さんの私に話してくれたいろいろの事柄は、私を成長させるのに、多くの役に立ったと思う。私を教育してくれた恩人の一人だと私は思っている。

藤沢さんは親切であった。誰に対しても、親身になって心配してくれた。今の言葉で云うと、愛の心、他人を愛する心が、あの五尺の身体に充ち満ちていたように思われる。囚人に対しても、恐らく親切であったのであろう。出獄人だと云う人が、よく来ていたことを想い出す。

藤沢さんは老年退官後は、旧主会津松平家の顧問をしておられた。松平家の為に、よく心配し、よく働いておられた。顧問は大学総長の山川健次郎先生と、加藤と云う老人と、藤沢さんの三人であった。山川先生も、藤沢さんには、一目置いておられて、万事藤沢さんが采配をふっておられた。

藤沢さんはある日、私の宅へ来られて、雑談のあとで、このような事をいわれたことがある。「老人が退官後、仕事がないので、退屈で困ると云う人があるが、それは心得が良くないからだ。老年になってから、報酬のある仕事を求める事その事が、まちがっている。老人に誰が報酬を払って、仕事をさせるものか。若い間に働いて、老後は奉仕の為に一生を捧げるのがほんとうだ。報酬のない仕事をしようと思えば、世間にはいくらでもあるものだ。奉仕の為に働くのが、老人の奉公であろう。私はよくよく閑《ひま》なときは、電車に乗って東京市中をあちこちと、歩き回る。何十年か監獄の役人を勤めたのだから、自分の扱った囚人は、何万人、何十万人とある。東京市中には、それらの人々が数多く右往左往している。私のあばた面は、彼等の忘れえぬ面である。電車の中で、往来で、私の面を見ると、あゝ典獄さんだと気がつくにちがいない。私の面を見たその一日は、在監当時を思い出すことだろう。すると少なくとも、その一日は悪い事を思いとどまるにちがいない。時には、後ろから、典獄さんと呼びかけるものがある。出獄人だ。私は顔を忘れていても、先方では知っていて、話しかけ、御変わりもありませんか、私もどうやら真人間になって、正直に働いていますから、御安心下さいなどと云う者がある。これ等は、二度と罪を犯す心配のない人々だ。私がブラ〳〵市中を歩くことだけでも、どんなにか奉仕になるではないか。老人相当な御奉公になるではないか。」

私はこの話を聴いて感服した。藤沢さんの心掛けのすぐれているのに驚嘆した。他の人では到底至り得ぬ境地である。藤沢さんほどの人の心の配り方、気の持ちようは、非凡である。私等には思いも及ばぬことだと思った。

藤沢さんが亡くなられてから、何年になるだろう。令息正二君は若松で無事に暮らしておられるそうだ。私は藤沢さんの生前の事をいろいろと思い出して、独りで感慨に耽《ふけ》る。

藤沢さんは卓越した人間であった。そして偉大な司獄官であった。

（昭和二十五年二月）

鏡

「朝ごとに、取るや櫛笥《くしげ》のます鏡、うつれ、心の塵も見るべく。」

これは、今は亡き私の父の和歌である。私は毎朝、顔を洗い、髯《ひげ》を剃り、髪を櫛けずる毎《ごと》に、よくこの歌を思い出す。鏡は、単に姿、容《かたち》をうつすだけではないらしい。心を正しく持つ為には、先《ま》ず、姿、容を整えるのが順序なのであろう。姿、容を整えることが、人間の躾《しつけ》であり、たしなみである。

威儀を正すと云う言葉がある。威と云うのは、気高くて、これに対する人々が、自《おの》ずから頭の下がる思いをするような様子を云い、儀と云うのは、奥床しくて、これに対する人々が、自分もまねをしたくなるような様子を云うのだそうだ。威儀を正した人々の姿、容は見る人、接する人に、気高い人だ、奥床しい人だと思わせる。まことに、気持ちの好《よ》い姿、容である。世間には、威儀を正すと云うのは、肩肘を張り、しゃちほこばって、威を張ることのように思っている人が少なくない。しかし、それは誤りである。そんな様子は、威儀を正すこととは、凡《およ》そ縁のない、むしろ威儀を傷つける姿、容である。

気高く、奥床しく見えるのは、只、姿、容を整えただけでは足るまい。姿、容の内につつむ、その人の人柄、人品、気位、心持、謂《い》わばその人の全人格が、姿、容に伴って、自ずから、底に輝いて、気高く、奥床しく見せるのであろう。心の塵を払わなくてはならぬのである。馬子《まご》にも衣裳と云う言葉があるが、馬子に衣裳を着せただけでは、やはり、その人は馬子に過ぎまい。気高く、奥床しく見える筈《はず》がない。

蓬頭《ほうとう》乱髪で得意であったり、辺幅《へんぷく》を飾らぬことを自慢したりする、壮士のような様子は、この頃はあまり見かけない。それでも如何《いかが》わしい姿、容の男や女が、街頭に右往左往しているのは歎《なげ》かわしい。

英米の人は、身だしなみが良い。それが紳士たり、淑女たるの要件である。子供のときから、きびしく、やかましく、躾られて、身に着いているのであろう。姿、容の整わぬ人は、さげすまれ、賤《いや》しまれる。鏡はかけられていて、何時《いつ》でも、鏡の前で、姿、容を整えるのが、その習慣であると聞く。

中国では、歴史の書物に、鑑と云う字を使っているのが多い。司馬温公の『資治通鑑《しじつがん》』、朱子の『通鑑綱目』の外《ほか》、『唐鑑』、『明鑑』など、数多くある。前代の事蹟を以て、当代の手本とし、鏡とし、これに鑑《かんが》みて、然《しか》るべき処置を為し、適切な政治を行うようにとの意味である。

日本でも、『大鏡』、『水鏡』、『増鏡』などと、歴史を扱った書物に、鏡と云う名をつける。中国のと、同じ意味である。「人の振り見てわが振り直せ。」と云う言葉がある。他人の姿、容を見て、良ければ、良いに、悪ければ、悪いに、自分の姿、容を整え、正すことを意味する。他人の振りが、自分の鏡になるわけだ。

姿、容だけではない。心の持ちようでも同一である。論語に、孔子の言葉として「賢を見ては齊《ひと》しからんを思い、不賢を見ては内に自ら省みる。」というのがある。「才能のある人を見ては、自分も、そのようにありたいと思い、才能のない人を見ては、自分も、あのようにあるのではないかと反省する。」という意味である。好い言葉である。昔、樊遜《はんそん》と云う人は、「見賢思齊」の四字を壁に書いて、一心不乱に勉強して、遂に名を為すに至ったそうだ。これもまた、他人を鏡として、自分の発奮、反省の資としたのである。心の塵を払ったのである。

良きにつけ、悪しきにつけ、自分の鏡として、発奮したり、反省したりする資料となる事象は、世間には無数にある。どんな事でも、心掛け次第で、その人の鏡になる。川の水にも、姿はうつるし、井戸の釣瓶《つるべ》にも、容はうつる。

姿、容を整えるのは、人々のたしなみであり、躾である。世間に出て、人に接するのに大事な事柄である。美服をまとい、流行を追い、口紅、頬紅をつけ、白い粉、黄色の粉を塗りつけるなどは、姿、容を整えることとは、何の関わりもない、他の事である。むしろ、逆になることが多いだろう。

われわれは、姿、容を整えることに注意しよう。それと共に、姿、容の奥にひそむ、人格の修養に気をつけよう。日々鏡を見て、姿、容を整えると共に、心の塵を払いのけよう。そして心を清浄ならしめよう。世上の多くの事象を、鏡として、自分自身の成長に努めよう。人は心掛け次第で、どんなにも成長しうるものである。

私は端なく、亡き父の和歌を想起して、自分で、いろいろと、このような事を思いつづける。


（昭和二十五年一月）

「日の丸の旗」のよろこび

昨年九月二十三日、（連合国軍最高司令官）総司令部のお許しを得て、最高裁判所の屋上に日の丸の旗を掲げました。私は、久しぶりで日の丸の旗をふり仰いで、いうにいわれない感激を覚えました。日の丸の旗は、簡素で、清らかで、明るく、朗らかで、美しい。私は、その写真をロスアンゼルスにいる私の知人の秋月清さんに送ってあげました。

それに対し、秋月さんからすぐ折りかえして、こういう返事が参りました。

「お写真を拝見して家族中が皆涙を流して喜びました。四千里の外にあっても、祖国の旗は、常に私どもを心強く守ってくれました。今から四十年前、単身シアトルに上陸致しました当座、時々淋しい気持がしますと、よく公園に行って日本郵船の帆柱にヒラ〳〵する日の丸の旗を眺めては、元気をとり戻して帰りました。海外に居りますと、日の丸の旗のありがた味が一段と身にしみます。この旗の奥にある祖国及び皇室の御恩が考えられます。この旗のある限りは、日本は、再度立ち上がるに相違ありません。」

私はこの手紙を読んで、更に心を打たれました。日本人は、国内にいても、海外にいても、常に日の丸の旗を大事に守って、各々の生活をこの旗のように、簡素に、清らかに、そして朗らかに、明るく、美しくしたいものだと思います。


（昭和二十四年三月）

鹿を犬にした話

板倉内膳正重矩《しげのり》（江戸時代の大名）が奈良奉行を勤めていたときの話である。

或るとき、春日の神鹿が町中へさまよい出て、あちこちとうろついて、食料をあさり回ったことがあった。一軒の豆腐屋の店さきへは、毎日のように現れて、船の中の豆腐を盗み食うので、豆腐屋の親父は、いまいましく思っていた。ある日又、神鹿が来て、豆腐を食った。親父は腹を立てたあまり、カッとなって、手にしていた出刃包丁を投げつけた。どうしたはずみか、その出刃が鹿の急所にあたって、鹿はころりと斃《たお》れて、そのまま死んでしまった。さあ大変だ。豆腐屋が春日の神鹿を殺したというので、町中の大騒ぎになった。奈良には、昔から、春日の神鹿を殺した者は、理非の如何を問わず、石子積にして、死罪に行うという慣行があったからである。

春日の神人は、豆腐屋は神鹿を殺しました。かたの如《ごと》く、死罪に行っていただきたいと奉行所へ訴え出た。

奉行の内膳正は神人共を呼び出して、扨《さ》て云うには「豆腐屋の店先で死んでいたのは、あれは犬であろう。鹿ではあるまい。お前達の思いちがいではないか。とくと考えてみたら良かろう。」神人共は「あれは正に鹿で、犬ではありませぬ。」奉行は押し返して「そうではあるまい。犬であろう。も一度考え直したらどうだ。」神人共は更に「いや、まちがいはありませぬ。どこの国に、角の生えている犬がありますか。」

内膳正はきっと容《かたち》を改め、開き直った。そして口を開いて、「それでは申し聞かせるが、近頃神鹿は始終町中へさまよい出て、あちこちとうろつき回り、町家を荒らしていると聞く。多分空腹なのであろう。元来神鹿の為には、その飼料にとて、十分な田畑を寄進してある、神鹿は空腹になる筈《はず》がない。若《も》し神鹿が空腹になって、餌をさがして町中をうろついて、町家を荒らすというのならば、それは係の者が、鹿に与える筈の飼料を、自分等で着服して、鹿に与えぬ為に外あるまい。そうなると甚だしい曲事である。きっと糾明しなければならぬ。さよう心得て置くが良かろう。」

神人共は青くなった。事実、奉行の云う通り、彼等は鹿に与える飼料を着服して、私腹を肥やし、鹿を空腹にしておいたのであった。それ故に奉行の言葉を聞いて、これは大変だ。どうしたら良かろうと、一同額をあつめて相談した。その結果、改めて、「申し訳ありませぬ。あれは全く私共の思いちがいで、鹿ではなく、野良犬に相違ありませんでした。恐れ入りました。平に御勘弁を御願い致します。」

内膳正はほほえみながら、「それではあれは犬で、鹿ではなかったのだな。野良犬に出刃があたったとて、豆腐屋には何の罪もあるまい。訴えは取り下げたら良かろう。」神人共は訴えを取り下げた。豆腐屋は助かって、奈良の人々は安心した。此の事があって、世間では、内膳正殿は器量人だと評判した。

内膳正重矩は、島原の乱で討死した内膳正重昌の嫡子で、京都所司代の伊賀守勝重の孫、名奉行の誉の高かった周防守重宗の甥になる。当時の英物であった。幕閣の認めるところとなり、奈良奉行から老中に抜擢せられて、天下の要路に立ち、名声を馳せた人である。

今日の裁判では、鹿を犬にしなくとも、豆腐屋は罪にはなるまい。旧慣因襲に囚われて、先例にのみ従っていた江戸の時代に、鹿を犬にして、豆腐屋を助けたことは、世人にどれほど、満足と、よろこびを与えたことか。私は端なく、シャートー・チェリーのマニヨーの裁判を思い浮かべる。今更のごとく、マニヨーの裁判が世間に与えた影響を考える。

(注) マニヨー Paul Magnaud は、弁護士を経て、一八八七年フランスのシャートー・チェリーの始審裁判所長となった人であるが、裁判官の自由裁量権を運用して、常に弱い者、貧しい者に対し同情のある数々の裁判を下し、「名判事」として令名を博した。

法令の解釈は無限だと謂《い》われる。法令の適用もまた無限であろう。法を取り扱う者は深甚の注意を払わねばならぬ。

身を江戸の時代に置いてみる。内膳正の苦心は多とするに足りる。これだけの苦心を払うところに、法を扱う人のねうちがある。因襲と先例に囚われ、法令の解釈、適用に少しも意を用いず、その結果の如何を顧みぬような者は所謂刀筆の吏に過ぎぬであろう。

法令は単一であるが、世間の事象は千差万別である。千差万別の事象に、単一の法令をあてはめるのであるから、そこにいろいろの矛盾が起こる。この矛盾を如何に調節し、如何に解決するかに、苦心が要るのだ。用意が要るのだ。法を扱う人々の苦心、用意の如何によって、さまざまな異なった結果が生ずるのである。

どんな仕事でも、苦心をし、用意をしなければ、成績は挙がらぬ。しきたりに従い、先例について行くだけでは、江戸時代の多くの凡庸な役人と少しも異ならぬ。新しき時代の人々は、それぞれの方面で、苦心に苦心を重ね、工夫に工夫をこらして、常に新生面を開かねばなるまい。内膳正が鹿を犬にした話には、素朴ではあるが、どこかにマニヨーの裁判の匂いがするように思われる。これは私の感覚の誤りであろうか。

（昭和二十四年七月）

偉大な職業、高貴な職務

私は何年か前に、判事オリバー・ウエンデル・ホームズが、どこやらのバー・アッソシエーションのディナーの席で試みた、短いスピーチを読んだことがあった。何を説き何を話したのかは、今では殆《ほとん》ど忘れてしまったが、その中のたった一句だけは、忘れずに覚えている。それは「職業に従事する人の、その従事の仕方が偉大であれば、どんな職業でも偉大になる。」と云う意味の言葉である。格別珍しい言葉でも、新しい言葉でもないのに、私の記憶に存するのは、その当時、この言葉は、ホームズ自身を物語っているように、私には思われて、興味をひいたからである。ホームズの裁判官としての職業が偉大であったのは、ホームズが自分の職業に従事する、その仕方が、偉大であった故に外ならぬ。

職業に貴賤高下の区別はあるべき筈《はず》がない。職務とても同様であろう。勿論、世間には種々の関係から、職業、職務に、色々の段階があり、地位がある。併《しか》しこれらの段階や、地位は、決してその職業、職務の貴賤高下を定める標準となるものではない。真に職業をして偉大ならしめ、職務をして高貴ならしめるのは、その職業、職務に従事する仕方が偉大であるか、高貴であるかに由《よ》る。従事する仕方の如何に依って、その職業、職務は、偉大にもなるし、低劣にもなる。高貴にもなるし、下賤にもなる。

精神労働が肉体労働よりも偉大であると云う理由はない。工夫に工夫を重ね、働きに働いて、甘藷《かんしょ》の増産に成功した農夫の職業は、操持のない、出鱈目《でたらめ》な学者先生の職業よりも、何程偉大であるか知れぬ。上役の職務が下役の職務よりも高貴であると云う理由はない。熱意を以て、教育の事に従事し、生徒を薫化した教員の職務は、徒《いたずら》に町会議員に叩頭《こうとう》したり、父兄会に寄附金をねだったりばかりしている学校長の職務よりも、何程高貴であるか知れぬ。

江戸の火附盗賊改役向井兵庫は、或るとき配下の与力依田佐介を招いて、東海道戸塚の宿に、多勢の盗賊が、集まっていると云うから、召し捕って来いと命じた。佐介は了承して、早速出かけたが、召し捕って来たのは、僅《わず》か数人に過ぎなかった。向井兵庫は数十人も捕えてくることと思っていたのに、数人しか捕えてこなかったので、不審に思って、「盗賊はこれだけしかいなかったのか。」と質《ただ》した。佐介は、答えて、「仰せの通り、多勢おりました。併し多数捕えても、しかたがありませぬから、重立った悪い者だけを捕えて参りました。戸塚の宿は、如何なるわけか、他の宿よりも、賦役が著しく重く、加役が頗《すこぶ》る多いので、宿の人々は、自分の生業を営むだけでは、到底暮らしが立たず、泥棒でもしなければ、生きて行けませせぬ。戸塚の宿の人々は、老若男女一人残らず泥棒をしていると申しても決して過言ではありませぬ。宿の者全部を捕えるわけには参りませぬので、特に重立った、悪い者だけにとどめました。」

向井兵庫はこれを聞いていたく驚いた。戸塚の宿の賦役が格段に重くて、宿の人々は生を聊《りょう》しがたく、泥棒でもしなければ、生きて行けぬと云うのは、これは容易ならざる天下の大事である。

そこで兵庫は、早速執政の老中に、その趣を申し出た。幕閣もこれには驚いて、将軍に上申した。将軍も、これは捨て置くわけには行かぬ。早速取り調べよと云うことになって、調べてみると成程、佐介の申した通り、戸塚の宿の賦役は、他の宿と比較にならぬほど重くて、宿の人々の暮らしの立たぬのは当たり前だと云うことが判明した。そこで幕府は、戸塚の宿の賦役を大幅に削減した。それ以来、戸塚の宿には泥棒をする者は全く跡を絶ったと伝えられる。

依田佐介は火附盗賊改役配下の微々たる一介の与力に過ぎなかった。しかし、自分の職務に、意を用い、気を配って、深く深く従事し、追究していたからこそ、天下の政治を改めさせることが出来たのだ。戸塚の宿の賦役を軽減させ、盗賊の巣窟になっていた戸塚の宿を、良民だけの宿場に一変することが出来たのだ。戸塚の宿の人々は、生業を営むだけで、安んじて暮らすことが出来るようになって、どれほどよろこんだことか、何ほど幸福になったことか。何十人の盗賊を捕えるよりも、盗賊となる本を抜き、源を塞いだのだ。佐介の如きは尊敬に値する与力である。その職業は偉大であり、その職務は高貴であったといい得るであろう。

義太夫語りでも、三味線弾きでも、建具屋でも、大工でも、鍛冶屋でも、左官でも、一技一能に達し、名人上手と謂われた人の職業は、凡庸な大臣大将や、無能な総裁、社長の職業に比して、遥かに偉大であり、高貴であるといわねばなるまい。

自分の職業は大切であり、自分の職務は大事である。世間的に定められた地位とか、段階とかは、職業、職務の貴賤高下には、何の縁もない他のことである。自分自身では、どうにもならぬ関係である。われわれは、ひたむきに、自分の従事する職業、職務を、全身、全力を傾けて、追究し、判事ホームズの云ったように、これを、偉大なものたらしめよう。高貴なものたらしめよう。光り輝くものたらしめよう。これが人として、日本人として、われわれの進み行く道であり、そして生き行く道であろう。

（昭和二十四年八月）

思齊寮の思齊と云《い》う名について

私は一昨年の八月、高輪の毛利邸に、司法大臣鈴木義男君を訪ねたことがあった。そのとき標札に、思齊寮と書いてあるのを見て、齊《ひと》しからんことを思うとは、はて、どう云う意味か。何に齊しからんことを思うのか。これには出典があるのであろう。私の無学の為に、知り得ないのは遺憾だ。誰かに教えを受けたいと思いながら、ついそのままになってしまった。

近頃、病間に『蒙求拾遺』を読んでいたら、樊遜《はんそん》静黙の条下に、次のような話があった。

「北史にあるが、樊遜は河東の人で、少《わか》くして学問が好きであった。その兄の仲は、氈《せん》をつくる職人であったが、遜を大事にしてくれた。遜は『人の弟となって、安逸を楽しむのは、心に愧《は》じないわけには行かぬ』と、自らを責めて、兄と一処《いっしょ》に働こうと思った。その母が云うには『遜や、お前は小さな行いを謹もうと思うのか。お前にはお前の為すべき、もっと大きな仕事があるのではないか』と。遜は母の言葉に感じて、心を典籍に専らにし、壁に『見賢思齊』の四字を書いて、勉強した。」

「賢を見ては、ひとしからんことを思う」とは、実に善き言葉であるし、樊遜と云う人の話も、好ましい話である。寮の名として、まことに恰好な言葉である。思齊寮の名は「見賢思齊」から出ているに相違ない。私は一昨年来の疑が釈《と》けたので、自らよろこんだ。併《しか》し、『北史』は当節、あまり人の読む書物ではないし、樊遜はとんと無名の人である。見賢思齊の四字も、樊遜自身のつくった言葉ではあるまい。有名な言葉を壁書したに相違ない。私の無学の為に、その有名な言葉を知り得ぬのは残念だ。出典を是非とも知りたくなった。段々聞き合わせてみると、思齊寮の名は、創建当時の司法大臣木村篤太郎君の命名で、あの標札も、木村君の筆であることが判明した。そこで私は、五鬼上君を煩わして、木村君に、思齊の出典を聞いてもらった。

　木村君は早速、「あれは『論語』里仁の編にあるのだ。」とて、『論語』集註を貸してくれた。見ると、なるほど「子曰《いわく》、見賢思齊焉《いずくんぞ》、見不賢而《しかして》内自省也」とある。孔子が云うには、才能徳芸のある人を見ては、自分もそのようにありたいと思い、才能徳芸のない人を見ては、自分もあのようにあるのではないかと反省すると云う意味である。良い言葉である。樊遜はこの言葉を壁に書いて勉強したのだ。寮の名として、まことにふさわしい。私は私に教えを垂れて、蒙を啓いてくれた木村君に感謝した。一昨年来の疑問は、これで全く氷のように、とけてしまった。私は歓び、よろこんだ。そしてこれを契機に、改めて、『論語』二十編を通読した。これも近頃のよろこびであった。私は無学なるが故に、このよろこびを味わい得たのだ。無学も、ときには、よろこびに役立つものだと、ひそかに微笑した。

（昭和二十四年十月）

刑殺日施

先日、ラジオの放送を聴いていたら、夏の犯罪はどうして防ぐかと云う題で、街頭の人々の意見を徴している。勇敢な人が出て来て、今の世は犯罪人が多過ぎる。これはどしどし殺した方が良いと思うと述べた。勿論一時の激論で、その人自身、その通り行われると信じたのではあるまい。併《しか》し厳刑酷罰論は何時の代にも存在する。珍しからぬ議論である。犯罪は処罰しなければならず、非違は糾弾しなければならぬ。秩序は維持しなければならぬし、法律は励行しなければならぬ。現在のように、世相は険悪に、人心は荒怠し、不正は横行し、犯罪は激増する時に於《お》いては、特にその必要をみるのである。

併し厳刑酷罰を以て、これらの非違、犯罪を防遏《ぼうあつ》し得るであろうか。更に考えてみる必要がある。

程伊川《ていいせん》の言葉に「多数の人々が邪欲の心を発する場合には、力を以てこれを制せんとし、法を密にし、刑を厳にしても到底勝つことは出来ぬ。その機を察し、その要を持して、その本源をふさぐことが大切である。人には欲心があって、利を見ると、その欲心は動いて来る。まことに、教を知らないで、飢寒に迫られると、刑殺日々に施しても、億兆利欲の心に打ち勝つことは出来ぬ。悪を止めるの道は、威刑を主としないで、政教を修め、人々をして生活の方法を得させ、廉恥の道を知らしめるに越したことはない。故に悪を止めるの道は、その本を知ってその要を得るにある。厳刑を事としないで、政教を修めるにある。」と。如何にも儒者らしい意見である。

程伊川は八百五十年も前の中国の儒者である。陳腐なり、迂遠《うえん》なりとせられる遠い昔の中国の儒者の言葉でも、私には陳腐でも、迂遠でもなく、今の時代にも顧みるに足る言葉だと思われる。

強盗犯人が忠良なりし兵隊であったり、窃盗犯人が純良であった大学生であったりするのを見ると、私の心は暗くなる。

世の中が治まらないでは、犯罪が多くなり、生活が安定しないでは、犯人の多くなるのは当然であろう。古来、飢饉《ききん》のときには、農民は流賊になり、政治が乱れると、良民は山林に入って盗賊になるのが、東洋の歴史上の常例ではなかったか。人々の生活を安定せしめ、世間の状態を静穏ならしめたならば、これが即ち程伊川の所謂「本を知って要を得る」ことになる。「政教を修める」ことになる。そして更に教うるに廉恥の道を以てしたならば、これが即ち犯罪の本源をふさぐことになる。この本源をふさぐことを怠ったならば、それこそ刑殺日々に施しても、到底その目的を達し得ぬであろう。

生活が安定し、廉恥の風が行われると世間は静穏になるであろう。治安は維持せられるであろう。犯罪は減少するに相違ない。犯罪の減少は更に治安の維持に役立ち、治安の維持は更に犯罪の減少に役立ち、相待ち、相援《たす》けて、世間は益々静穏になるであろう。

世の中が静穏になり、人々が安楽に生活し得るようになり、所謂文化的な生活を楽しみ得るようになって、初めてわが国の人々は、世界文化の進展に貢献し得るに至るのである。世の中が混乱し、人々が安泰に生活し得ぬようでは、到底わが国の世界文化への寄与はむずかしい。

今のような時代に、人々の生活を安定せしめるのは容易な事ではない。廉恥の道を知らしめるのはむずかしい事である。政教の振作は実に難事である。しかしこれが現代政教の第一の課題である。この課題の解決がつかぬときは、日本人の幸福は期待出来ぬ。政治家、教育家、経世家、学者の努力せねばならぬ事柄である。併しこれらの人々が努力しただけでは恐らくどうにもなるまい。全国民が精魂を尽くし、全力を傾けて、事に当たる必要がある。

政教を修め、廉恥の道を教え、世の中を静穏ならしめ、生活を安定せしめるのは、裁判官や、検察官の責務ではあるまい。如何に努力し、どんなに骨を折っても、どうにもならぬ事柄であろう。併し裁判官や、検察官も、政治家、教育家、経世家、学者と共に、いやむしろ全国民と共に、この課題の解決に当たらねばならぬ。

これらの事柄を雲煙過眼視し、対岸の火災視して良いと云うわけにはいかぬ。われわれは、これらの事柄を念とし、意を用い、力を尽くして事に当たりたいと思う。

私は明日の日本に期待をかける。世の中が静穏になり、人々が安楽に生活し、所謂文化的の生活を楽しみ得る日の来たり、世界文化の進展に寄与し得るに至らんことを切に待望する。

（昭和二十四年十一月）

強盗の母の歎《なげ》き

私が小田原から東京へ通勤していた昨年のことである。ある日、小田原の宅へ、自ら強盗の母と名乗って訪ねて来た女人があった。聞いてみると、一人息子が銭湯の帰りに、友達に誘われて、一緒に来いと云うので隣町のある家の前迄《まで》、ついて行った。すると、その友達は、これからこの家へ押し入るのだから、お前は見張りをしてくれと云うのだ。

いやだとは思いながら、つい振り切りかねて、恐ろしい気持ちで、震えながら見張っていたそうだ。それが直ちに発覚して捕らえられ、強盗の従犯で処刑せられた。その母は、息子の捕らえられ、処刑せられたのを歎いて、息子は良い息子で、孝行息子であったのにと、涙を流して物語った。

今のような混乱した時代には、こんな事は数限りもなくある。格別珍しい事ではない。併《しか》し、かかる事が数多く行われるのは痛ましい。親孝行の息子が、強盗犯人となる。親の身にとって、これほど、悲しく、情けないことはあるまい。本人自身にしても、意外の意外で、どのくらい口惜しかったか知れぬ。悪友の誘惑を退けるだけの勇気がなく、振り切るだけの勇気がなかったばかりに、自分は強盗犯人として獄につながれ、老いた母親に歎きをかけるに至ったのだ。平素の孝行息子が、一夜にして親不孝の息子になったのだ。

今の世では、特に勇気が必要である。善を為そうと思っても、これを妨げる邪魔が十重二十重にからみつく、これを切り開いて、善を行うには、余程の勇気がなければなるまい。悪の誘惑は無数であり、悪の魅力は無限である。これを払い退けて、自分自身を護《まも》るには、格別の勇気が必要であろう。

かかる勇気が乏しく、かかる勇気が足りないと、善を為そうと思っても、心弱くしてつい行いかねるし、悪を為すまいと思っても、心ひかれて、つい悪に陥るようになる。勇気は今の時代に、特に必要な徳目である。

日本人は勇敢であった。幾多の事例がこれを示す。どんな艱難《かんなん》に出逢っても、びくともせず、どんな困難に当面しても、驚くことなく、如何なる大敵が現れても、如何なる強圧が加わっても、平然と対抗して来た、あの不屈な魂は、一体どうなったのであろうか。善を為し悪を退ける勇気が、どうしてこのように、乏しくなったのであろうか。

勇気は道義に根ざさなければならぬ。道義に根ざした勇気があって、初めて善を為し、悪を退けることが出来るのだ。道義に根拠せざる勇気は、或《あるい》は強盗に勇敢であったり、喧嘩に勇敢であったりする勇気である。暴力団の勇気であり、ギャングの勇気である。無頼漢の勇気であり、博徒の勇気である。これらは、勇気と謂《い》うよりも、むしろ悪そのものである。排撃し、打倒しなければならぬ勇気である。

山のような怒濤を乗り切る勇気があり、危険な山嶽によじ登る勇気があっても、その勇気が道義に根ざさぬときは、善を為し悪を退ける勇気にはなり得ない。かかる勇気はどうにかして道義に根ざす勇気に振り向けたい。

今のような惨めな日本は、どうにかして建て直さなければならぬ。暗黒の日本は明るい日本に、混乱の日本は秩序のある日本に、不正不義の日本は正義の日本に改めなければならぬ。日本人は正しき、良き日本人になり、世界の人々に伍して遜色のない道義観念を持ち、且《かつ》これを具現しなければならぬ。然《しか》らずしては、世界文化への寄与は覚束ない。その第一着手として、われわれは先ず道義に根ざした勇気を養わねばならぬ。

善は小なりと雖《いえど》も、為さねばならぬ。悪は小なりと雖も、為してはならぬ。諸悪莫作《まくさ》、衆善奉行は仏教の極則である。倫理道徳も、結局はこの一事に帰着する。

善を為したときは、心の愉悦を感ずる。悪を為したときは、心の疼痛を覚える。われわれは心の愉悦を感ずる生活を営み、明るい、幸福な人生を送りたい。心の疼痛を覚え、良心の苛責を受ける、暗い不幸な人生を迎えたくはない。これは万人の念願であろう。この念願を活《い》き活《い》きと実行に移す為に、勇気を奮い起こして、よろこんで善を為し、よろこんで悪をとどめるようにありたいものだ。

（昭和二十四年十一月）

富谷鉎太郎さんの言葉

今から三十数年前のことである。私は東京地方裁判所の部長を勤めていた。当時の東京控訴院長は、富谷鉎太郎さんであった。若い判事が、控訴院長に面接すると云うような機会は殆《ほとん》どなかったので、私は富谷院長には、自然御目にかかる折がなかったのである。

ところが、富谷院長は、管内の地方裁判所部長会同を計画されて、全部長を招集せられた。前例のない会同であったので、私等は張り切って出席した。会同は二日に亘《わた》ったと思う。院長室で行われた。私は初めて富谷さんと言葉を交わした。

二日目の会議の最中に、書記長の北川銓総君が室内にはいって来て、富谷さんに近づき、何事かを耳打ちした。何でも、秘密な用件があるから、別室へ来ていただきたいと云うような様子であった。私は院長が、暫《しばら》く退席せられる位に思っていた。

ところが事は意外であった、富谷さんは開き直って、大きな声で、「裁判所には秘密はない。又あるべき筈がない。列席の判事諸君に聞かせてならぬようなことは、私は聞くを欲しない。又聞く必要がない。」と謂《い》われた。聞いていた一同は、皆驚いた。この言葉は、余程《よほど》私に深く印象せられたとみえて、今でも言葉通り、はっきり覚えている。北川君は、あっけに取られて、目をパチクリしながら、早速退却した。

私は当時、何の考えもない、若い未熟な判事で、こんなことは、考えてみたこともなかったので、いたく驚いた。裁判所は公明正大なところで、そこには秘密の存在を許さない。一切の事柄は、日月の食の如く、その全貌を現すべきところだと云うことを初めて学び得た。そして判事たるものの態度が、いかようにあるべきであるかをも知り得たような心地がした。

富谷さんは、古武士と云うのはあのような人かと思わせるような人柄であった。不屈の魂と、正義を守る意気とが、その五尺の身体にみなぎっているように思われた。尊敬すべき卓《すぐ》れた裁判官であったと思う。

その会議に列した部長は、遠藤誠、名川侃市《かんいち》の諸君をはじめ、今では概ね皆、故人になった。生存しているのは、当時長野の部長で、今は奈良に隠棲しておられる矢崎憲明君と、私位のものだろう。私は一昨年、大阪へ行ったとき、久し振りで矢崎君に邂逅《かいこう》して、なにかと、当時の話をした。恐らく矢崎君も、富谷さんのあの言葉は、今でも、はっきり記憶しておられることであろう。

（昭和二十四年十一月）

和

和という漢字の本来の意味は、料理の塩梅の程好《ほどよ》きように、音楽の調子の能《よ》く合うことをいうのだそうだ。それから調和、協和、平和、親和、共和、和同、和合、和睦等々の言葉が生まれて来たのだという。料理のうまい、まずいは、一に塩加減の上手、下手にかかっている。しかし塩梅のよき料理は、いうにいわれぬうまい味をつくり出す。それと同じように、音楽の調子もまた能く合えば、微妙な音色を創造する。数多くの楽器が、それぞれの機能を発揮し、最善の技能をつくすところに、自らにして調和と諧調とが生まれて来て、善き音楽をつくり出し、人の心に触れる。調子の能く合うことは、強いて他の楽器に同じ調子を合わせることではない。各々独自の立場に立って独自の音色を出すところにある。新憲法の前文にある「諸国民との協和」も世界「恒久の平和」も、第九条の「国際平和」も、いずれも皆諸国民が協力して、平和の大交響楽を天にも響けと演奏することを意味する。和がその根本でなければならぬ。立法、行政、司法の三権は判然と分立する。国会、政府、裁判所は、それぞれ国家機関として、別々の権限と職責とを有する。それぞれの立場に立って、その権限を確守し、互いに相侵犯することなきを期する。さればとて徒《いたずら》に反目抗争すべきではない。楽器の差別に従って、高低強弱とりどりの音色を出すように、各自の機能を発揮し、各々その最善を尽くすところに、自らにして調和と諧調とが生じて来る。そして渾然《こんぜん》たる交響楽を奏するようになる。和がその根本でなければならぬ。新憲法第二十四条は「婚姻は（中略）相互の協力により、維持されなければならない」と規定し、改正民法第七百五十二条は「夫婦は（中略）互いに協力し扶助しなければならない」と規定する。夫婦は互いに理解し合い、協力一致して、家庭を建設し維持しなければならぬ。音響の調子の能く合うように、その間に調和があり、親和がなければならぬ。各自が徒に身勝手な権利を主張して、いがみ合うようでは、円満なる家庭生活は覚束ない。和がその根本でなければならぬ。家庭が親和し、人民が調和し、諸国民が協和し、家庭の交響楽、人民の交響楽、世界の交響楽が、それぞれ見事に、演奏せられる日こそ、現世に地上楽園が実現する日であろう。その日は徹上徹下、和の世の中であらねばならぬ。

（昭和二十三年一月）

 世間と人間

世間と人間

私は先ごろ大阪へ行った際、少閑を得たので、文楽をのぞいてみた。ちょうど鶴澤道八の追善興行で、道八の作曲にかかる連獅子を演じていた。長うたの連獅子を義太夫にしたのであったが、なかなか面白く聴かれ、面白く観られた。道八はやはり近ごろの名手であった。

道八没して三年になる。道八は明治の巨匠豊澤團平の弟子であった。あるとき三味線の張り替えの催促にやらされた道八は急いで行って、息せききって戻って来た。すると團平は「これから使いに出たら、そんなに早く帰って来るものでない。外へ出たら、往来を通っている種々の人の様子をとくと見てくるものだ。商人も通る。職人も通る。物もらいもいるし、手代も歩く。御寮人はこうで、女中はこうとよく見て覚えておくものだ。世間を知らなければ、芸は出来ぬ。」と、しかったそうだ。

三味線は太夫の語る文章のもようを弾くのだから、役々の気分が解《わか》っていなければ、技巧だけでは芸にならぬ。それが解るには、気をつけて人間の様子を見ておかねばならぬという意味である。

道八は若いときのことであるから使いが早いということの小言には不服で、内心むくれていたそうだ。年老いてから、このことを話して「いま思えば、もったいないことを考えていたものでございます。」といっている。


私はこの話を茶谷半次郎さんの書きとめられた文楽覚書で読んで、いたく心を打たれ、ありがたい話だと思った。これだけの苦心をしたればこそ、團平は巨匠になれたのだ。團平の苦心と工夫の話は数多く残っている。

巨匠となった人の苦心には、並々ならぬものがある。道八にしても、親しくこの巨匠の訓《おし》えを奉じて苦心と工夫を重ねたればこそ、あれだけの名手になれたのだ。


たいの刺身、ひらめの刺身はどんな味がするかといわれても、口舌では説きがたい。自身の舌にのせて味わってみなければ本当の味は、解るはずがない。芸道の神髄も、とうてい口や筆では説き得ない。冷暖自知で、自分自ら体得するほかはない。

義太夫語りや、三味線弾きの鍛錬修行、工夫、苦心の話を聞くと、本当のことは解らぬまでも、その幾分かが、ぼんやりと解るような気がする。彼らの修行は、一生の修行である。そして肉を削り、骨を刻む苦心をなし、血のにじむ工夫を重ねて、はじめて名人上手

世間と人間

になり得たのだ。昔から飽食暖衣、手をこまねいていて、名人上手になった人は恐らくあるまい。三味線弾きでも、技巧に上達するだけでは、名人上手にはなれぬ。注意して人間を観察し、世間を了解しなければならぬという團平の小言は、私には私自身が團平にしかられているような気がする。そして頭の下がる思いがする。

私は若いときから裁判官になって、二十年間法廷のイスに座った。一人前の裁判官になりたいと思って、勉強もした。見聞知見をひろめることにも骨を折った。

しかし果たして三味線弾きのようなきびしい修行をしたであろうか。人間のこと、世間のことをよく了解したであろうか。人の心のうらおもて、人情のかげひなたをよくエトクしたであろうか。骨をきざみ、肉をけずる苦心をし、血のにじむ工夫を重ねたであろうか。残念ながら否と答えざるを得まい。冷や汗の背にあまねきを覚える。さればこそ碌々《ろくろく》たる一裁判官で終始したではなかったか。

私は裁判官をやめてから二十年、はからずも昨年再び裁判官になった。年老いて、日暮れ路遠しの感に堪えぬ。しかし今からでもおそくはない。道は長く、人生は短い。学問は一つの修行である。書物を読むだけが学問ではない。裁判官たる道も、いつ完成するか、あてのない道である。イヤ恐らく完成することのない道であろう。明治以来の日本人の最高峰に位するといわれる團平でさえ、その芸道の完成前に倒れたではないか。私は團平の小言を奉じて人間を知り、世間を識ることに努めよう。古人の跡を追うて、鍛錬、修行、苦心、工夫に勉めよう。

（昭和二十二年一月）

川路彌吉の名言

天保六年、但馬国出石の城主仙石家に騒動があった。家老の仙石左京と云う者が一味徒党をつくって、藩主を毒殺し、仙石家を横領せんとしたのである。端なくも、その事件が寺社奉行の手にかかった。寺社奉行の与力川路彌吉が取調の任に当たったのである。その結果、真相が明らかになった。仙石左京は梟《きょう》せられ、一味徒党はそれぞれ処分せられて、事件は落着した。世間に仙石騒動というのはこの事件である。川路彌吉は仙石騒動の取調に依《よ》って頭角を現し、漸次登用せられた。幕末の人物として伝えられる川路左衛門尉聖謨《としあきら》は、この彌吉の後身である。川路彌吉が仙石騒動の取調をしたのは三十九歳のときであった。下僚の書役に注意して「これは急ぎの御用だから、寛《ゆっ》くりやってくれ」といった。この言葉は、当時、名言として世間の評判になった。意を用い、気を配る人の言葉には、いうにいわれぬ味がある。かような心掛けであったればこそ、仙石騒動の取調は、迅速に、的確に行われたのだ。その仕置は、厳格に、適正に行われたのだ。寺社奉行の一与力川路彌吉は一廉《ひとかど》の人材と認められるに至ったのだ。かくして彌吉は漸次登用せられて、遂に勘定奉行に迄《まで》も昇進したのである。門閥門地の貴ばれた封建の世に、何の門閥もない彌吉が勘定奉行に任ぜられたのは、その人物識見が群を抜いたからに外ならぬ。川路左衛門尉の名声は広く普《あまね》く行き渡ったのである。

「これは急ぎの御用だから、寛くりやってくれ」といったのは、実に名言である。急ぎの御用を、急がせると、係りの人は、急ぐが為にあわてふためいて、屢々《しばしば》やり直しをくりかえして、却って仕事は遅延することがある。静かに心を落ち着けて、寛くり取りかかると、やり直しをくりかえすことはなく、仕事は却ってはかどるものである。そこの呼吸をのみ込んで、急ぐのだから寛くりやれと命じた彌吉の心掛けは敬服に値する。人物の片鱗が、ここに現れたのである。

「急がば回れ瀬田の唐橋」という諺《ことわざ》がある。昔から言い伝えられた諺で、誰でも知っている諺であるが、扨《さ》て急ぎの用事のときは、遠回りの瀬田の唐橋を渡らないで、近道の渡船に乗る人が多かったものとみえる。急ぎの用事のときには、前後の見さかいもなく、只管《ひたすら》に急ぎに急いで、途中にどんな危険があるか、どんな困難があるか、更に注意しないで、シャニムニ突進する場合が多い。その為に、往々にしてつまずいたり、ころんだりして思わぬ失敗を演ずることがある。

心を平静に持ち、万事を寛くり処置する人には、失敗はない。急ぎに急ぎ、あわてふためく人に限って、失敗は多い。只《ただ》失敗するか否かのみではない。急ぎに急いでする人の方が、寛くりする人よりも、遥かに仕事が遅くなることのあるのは、われわれが、常に見聞しているところである。

川路彌吉の言葉が、名言として、当時世間の評判になったのは、尤《もつと》も千万のことだと思う。われわれもこの言葉に従って、日常の仕事に従事したいものだ。急ぐことなくあわてることなく、平静に、寛くり、そして的確に、正確に、仕事を取り扱って行きたいと考える。それが結局迅速に仕事の行われる秘訣になるのではなかろうか。

川路左衛門尉聖謨は熱心に学問をした人である。勘定奉行の激職にあって、読書の余暇も乏しかったに拘わらず、常に読書を怠らなかった。役所へ出勤する往復の駕籠《かご》の中で、読むに手頃な四書の註は何が良かろうと、儒者の安積艮斎《あさかごんさい》先生に相談した手紙が残っている。艮斎先生は、近頃会津で版になった安部井帽山《ぼうざん》の『四書輯疏《しゆうそ》』が適当だろうと薦めている。『四書輯疏』は私も読んで益を受けた書物である。今でも座右に備えて、ときどき読んでいる。私は川路左衛門尉が駕籠の中で『四書輯疏』を繙《ひもと》いている姿を想像して、時に微笑を禁じ得ぬことがある。
川路左衛門尉の功績は種々伝えられている。詳しくこれを述ぶる暇はない。川路彌吉の頃から修養を怠らず、鍛錬工夫を積んで、遂に大成した人であろう。循吏《じゅんり》として代表的な人物であったように思われる。明治元年、徳川幕府が滅亡したとき、川路左衛門尉は閑居していたが、幕府に殉じて、自殺した。時に七十五歳であった。

（昭和二十三年四月）

新しき教育家に贈る

今の時代に教育ほど重要な事はありますまい。教育によって、初めて、次の時代の日本を担うべき人間がつくられるからです。これからの教育は俊敏《スマアト》な役に立つ人物を養成することよりも、寧《むし》ろ智慧《ウイズダム》のある人間をつくり上げることを主眼とすべきものと思います。
他人の勢力や多数の力に依って、動揺したり影響を受けたりすることのない、真に自主的な人物は、どうしても智慧のある人でなければならぬからです。教育者の責任はまことに重大であると思います。

（昭和二十三年四月）

春陽の温、時雨の潤

程子《てい》兄弟はすぐれた儒者であったが、又すぐれた教育者であった。（兄の）明道先生は春の風のよう、（弟の）伊川先生は秋の霜のような気質であったと伝えられる。その門下には、いずれも多くの俊髦《しゆんぼう》を輩出して、その門流には朱子のような偉大な人物を出し、程朱の学として、天下を風靡《ふうび》し、後世に尊信せられるに至った。

明道先生の一生は、伊川先生の書かれた行状に尽くしてある。行状に次の一節がある。「その色を視るに、その物を接するや、春陽の温の如く、その言を聞くに、その人に入るや、時雨の潤の如し。」御目にかかってその御顔の色を視ると、恰《あたか》も春の陽につつまれたような温かさを感ずるし、その御言葉を聞くと、恰も雨が土を潤すように、心の中へしみ渡る。此の一節は『近思録』にも載せてある。私の愛誦する一節である。

明道先生は純粋なること精金の如く、温潤なること良玉の如くであったそうだ。門人の朱光庭が汝州で、御目にかかり、一カ月滞在して、教えを受けたことがあった。帰ってから友人に、「光庭は、春風の中に、一カ月の間座っていた。」といったそうだ。門人の劉安礼は、「自分は先生に従うこと三十年になるが、一度も先生の怒られた御姿を拝見したことがなかった。」といった。

春陽の温の如く、時雨の潤の如し。これはまねをしたとて、出来ることではない。純粋なること精金の如く、温潤なること良玉の如き明道先生の人物にして、初めて達し得る境地であろう。

先生の門下には学者が多く、先生の言は平易で知りやすく、賢者も、愚者も、それぞれ皆益を受けた。恰も多勢の人が、河の水をむらがり飲んで、いずれも自分の欲するだけの量をみたしたように。

先生は人を教えて、人、従いやすく、人を怒って、人怨みず。賢愚善悪、ことごとく、その心を得て、狡偽《こうぎ》な者も、その誠をささげ、暴慢な者も、その恭を致したといわれる。

明道先生の風格の如きは、百世の下、なお人をしてこれを欣慕せしめる。偉大な人物であったといわねばなるまい。

『近思録』には、明道先生の言葉が数多く採録せられてある。私は座右に備えて、愛読している。程朱の学の根本は、天理に循《したが》い人欲を去る工夫をするところにあると、私は思う。天理に循いというのは、天下の公道、公義に従うと云う意味であり、人欲を去るというのは、私意、私欲を去ると云う意味であろう。しかし、これはなか〳〵むつかしいことである。人々は兎角《とかく》、自分本位に事物を考えたがるものである。自分の利害を中心として行動するのが普通の人情である。それではならぬので、常に公義、公道に従って考えたり、行動したりするように不断の工夫をしなければならぬ。これが程朱の学の本義であると思う。

今の世の議論でも、行動でも、いかに多く私意に満ち、自分等の都合によって、為されていることか。或《あるい》は自分等の地位を擁護したり、自分等の利害を顧慮したりする為に、いかに多くの理屈が主張せられていることか。

今の代は偉大な教育家を待望する。私は程明道先生の人物を、限りなく尊敬する。明道先生の言葉を学び、その行状を読むたびに、いつでも、春風に吹かれ、春陽に温められる心地がする。春陽の温、時雨の潤の一節は、私の愛誦してやまぬところである。

（昭和二十二年五月）

改革を阻止するもの

K氏は初等教育の改善充実に熱心な実業家である。何年か前のこと郷里の教員の内から毎年何人か、進歩的な若い人を選抜して、東京へ留学させ再教育をしてもらい、その人々の力に依《よ》って、郷里の教育の改善進歩を計ろうとした。その費用は全部自分で負担することにして、当局と協議し、その賛成を得て、実行してみた。ところがいくばくもなくして、教員の仲間から、あれはやめてもらいたいと要求が出て、折角《せっかく》の計画も無駄になってしまった。何故に教員の仲間が、やめてもらいたいと云うのかと不思議に思ったが、事情は次の通りであることが判明して、唖然《あぜん》としたそうだ。それは再教育を受けた教員は、当局から、優良な教員と認められ、校長その他の要職に抜擢せられる傾向があるので、多数の教員はこれをよろこばず、結局やめてもらいたいと要求することになったのだそうだ。

同じく何年か前のこと、K氏の郷里の地方の校長の俸給は極めて低廉であったそうだ。そんな低い俸給では、到底校長の職責を尽くすわけには行かぬので、K氏はこれを三倍にする必要があると考えて、その地方の校長十二名の俸給について、三倍にした額の半分を、毎月、自分が負担するから、残りの半分を郡で負担してもらいたいと申し入れたそうだ。郡当局もよろこんでこれを受け入れ、実行に着手した。すると間もなく、校長仲間から、あれはやめてもらいたいと苦情が出て、結局折角の計画も無駄になってしまった。何故に校長仲間がやめてもらいたいと云うのかと不思議に思ったが、事情は次の通りであることが判明して、唖然としたそうだ。それは俸給を三倍にするなら、その当時高等師範出身の校長を迎えることが出来たので、郡当局は現在の校長を首にして、新たな校長を連れて来るだろうと云う懸念から、校長仲間に不安が起こって、それが苦情になって、結局やめてもらいたいと要求することになったのだそうだ。

K氏はその話をして「どうも良いことは、なかなか行われぬものです。誰が見ても良いことだと思われることも、いざ実行するとなるといつでも意外な障害が、内部から起こって、結局その良い案はつぶれてしまいます。兎角、内部の人々は、自分達の利害や、自分達の地位を第一にして考慮するから、改革案はいつでも行われませぬ。私は現状維持の勢力の強固なのに驚きました。」と嘆息した。

今、日本は百事更革の時代である。不磨の大典と称せられた憲法でさえも改正せられた。各方面ともに、積弊を一擲《いってき》して、改革に邁進しなければならぬ大事なときである。然《しか》るにその改革はなかなか行われない。旧態依然たるものが、至る所に存在する。官庁でも、学校でも、病院でも、公益団体でも、会社でも、工場でも、何処でも改革は停頓している。政府の行政改革は何度か宣言せられたが、いつでも徹底しないで、中途で挫折したり、頓挫したりする。世間の噂では、官僚団の勢力が牢《ろう》として抜きがたく、多くの改革は、常に、この勢力の為に阻止せられるという。学校でも、病院でも、公益団体でも、会社でも、工場でも、何処でも、旧勢力は依然として、強固であって、改革は容易に行われぬものらしい。

K氏の郷里の学校の改革案が、校長や、教員やの仲間の反対に遭って、たちまちやめられたような現象は、恐らく各方面とも、至る所に存在するのであろう。

改革に反対するには、それぞれの理由があり、口実がある。その理由が、公正な立場から考えられた理由であり、そしてそれが妥当であるならば、むしろよろこばねばならぬ。しかし、反対の理由は表向きの口実に過ぎぬのであって、内心は自分達の利害を顧慮し、自分達の地位を擁護する為の反対であるならば、それは改革を阻止する旧勢力の癌《がん》とでもいうべきで、かかる癌は、外科手術に依って、剔出《てきしゅつ》してしまわなければならぬ。さもなければ、改革は到底行われぬ。

およそ事物を判断するのに、私心を挟むと、その判断は公正を欠くことになる。自分の利害を打算したり、自分の地位を擁護するのを眼目としたりするのは、私心を挟むことになるのである。事物の判断はいつでも、公正な公平な見地に立って、為されねばならぬ。しかし、私心を去り、公道、公義に従って行動するということは、実はむずかしいことなのである。兎角、私心にとらわれ、自分本位に判断したがるのが、世間普通の人情である。天理に循《したが》い人欲を去る工夫をするのが、程朱の学の骨髄だと私は信ずる。天理に循い人欲を去ると云うのは、私心を一掃して、いつでも、公義、公道に従うと云う意味であろう。その工夫は一生の間の工夫である。常に私心にとらわれずに、公義、公道に従って行動し、判断するようにさえなれば、その人は程朱の学の体得者といわれることになる。

今の時代は日本にとって重大なときである。あらゆる方面に改革が行われるのでなければ、日本の再建はむずかしい。改革を阻止する一切の障害は、これを除去しなければならぬ。その為には、あらゆる方面の人々の考慮なり、判断なり、行動なりが、常に私心を去り、人欲を去り、天理に従い、公義、公道に従うようにしなければならぬ。どんなにむずかしくとも、是が非でも、こうならなくてはならぬ。旧態依然として、私心を挟み、私欲にのみこれ従って一切の改革を阻止するような、時代の傾向になって来るとしたら、日本は滅亡する外はあるまい。われわれは、よくよくこの事を考えて、公義、公道に従って行動し、判断し、考慮するようにならなくてはならぬ。これが日本再建の第一の心掛けであると、私は信ずる。

（昭和二十二年六月）

ろくを裁く

徳川二代の将軍秀忠は、あるとき、御側用人の永井日向守に「お前は天下の裁判と、奉行の裁判との差別を知っているか。」とたずねた。日向守は「一向に存じませぬ。」と答えた。将軍は「それでは話してやるから聞くがよい。奉行の裁判は理非曲直を裁けばそれで足りるのだ。天下の裁判と云うものは、それでは足りぬ。ろくを裁かねばならぬ。これだけではわかるまいから、たとえを挙げる。ある村と隣村との間に、ある原野の所有について、争いが起こったとする。奉行の裁判ならば、証拠によってその原野が、ある村の原野であるか、隣村の原野であるかを判断すれば、それで足りるのだ。しかし天下の裁判となると、それでは足りぬ。その原野が、ある村の所有であると定まると、隣村の住民はその原野に入り込み、秣《まぐさ》を刈り、下枝を採ることが出来なくなる。他に原野があって、秣や下枝に困らぬならば別であるが、さもないと、早速に秣や、下枝に差し支え、暮らしに困るようになる。かかる場合には、その原野の一部を割いて隣村に与えるか、又は隣村に、毎年なにがしかの入会《いりあい》料を払わせて、その原野に入会い、秣を刈り、下枝を採ることを許すように裁かねばならぬ。これを、ろくを裁くと云うのだ。天下の裁判はこれでなくてはならぬ。」と云ったそうだ。

　徳川二代の秀忠は凡庸な将軍のように伝えられるが、この話を聞くと、なかなか味のある言葉で、凡庸な将軍どころか、すぐれた将軍であったように思われる。ろくを裁くと云うろくと云うのは、いかなる意味の言葉か、私にはわからぬ。俗に云うろくでなしのろくであろうか。正しいと云う位の意味ではないかと思う。証拠によって、理非曲直を裁くだけでは足りぬ。負けになる方の生活が出来なくなるようになる虞《おそれ》のある場合には、その生活の出来るように取り計らってやらねばならぬと云う思いやりは、相当な苦労人の思いやりで、世間並みの政治家の考えつくことではあるまい。この話は私ども裁判に従事するものにとっては、いろいろの問題をふくむ興味のある話である。

徳川六代家宣のときに、比叡山延暦寺は、上野の法親王を以て次のような訴を起こした。叡山の結界内は、伝教大師以来の神聖な地域であるのに、八瀬の村人は、勝手に入りこんで、樹木を伐採し、その地域を荒らすので迷惑する。どうか今後そのようなことのないように、厳重に禁止してもらいたいと云うのである。八瀬の村人の方では、われわれは古くから樹木の伐採を業として暮らして来たので、他に生業があるのではないから、若《も》し樹木の伐採を禁止せられると、早速、生業を失い、生活が出来ず、路頭に迷うことになる。どうか従来通り、樹木の伐採を許していただきたいと願い出た。

将軍家宣は、新井白石の建言に従って、八瀬の村人は、叡山の結界内へ今後立ち入って、樹の伐採をしてはならぬ。しかしそれでは暮らしに困るであろうから、八瀬の人々には、特に相当の田畑を与える。これからは百姓をして暮らしたら良かろうと裁断した。

この裁断は、二代将軍の所謂、天下の裁判で、ろくを裁いたのであろう。叡山は目的を達して満足するし、八瀬の村人は他に生業を得て、生活が出来るようになる。裁判の結果が至極、実情実際に適当していると思う。

この裁断のあった翌年、新井白石は上洛したついでに、わざわざ八瀬へ出かけて行って、茶店の老婆に、それとなくたずねてみた。八瀬の人々は、将軍から田畑をいただいて、懸命に百姓を始めている。今は慣れぬ仕事だから、うまく参らぬが、やがて二、三年も経ったら、立派な百姓になれるだろうとよろこびいさんで働いて、将軍家の御仁慈に感激している。この話を聞いて白石は大いに安堵し満足した。事は『折り焚《た》く柴の記』に詳しく書いてある。

昔の政治は即裁判であり、裁判は即政治であった。それだからこそ自由自在な裁判が出来たのだ。政治は政治、裁判は裁判と分化した今日の制度では、こんな裁判をすることは出来ぬ。裁判官がどんなに骨を折っても、八瀬の村人に田畑を与えることは出来ない。負けになって暮らしに困るようになる人々に、生活の成り立ち得るよう取り計らうわけには行かぬ。証拠によって事実を確定し、法律によって曲直を判断するに止まる。法律裁判は冷静であって、昔の裁判に見るような人情味は、そこには極めて希薄である。法律に依る裁判は兎角、窮屈になる。実際、実情に即せざる結果が往々にして現れる。一般法律の安定性を主眼とするのだから、やむを得ぬことではあるのだ。

今から四十年近くも前になろうか、時の大審院長横田国臣氏は、『情実裁判所設立の儀』

を発表したことがある。今の裁判は法律に依る裁判であるが故に、実情、実際に副《そ》わぬことがある。実情、実際に副わぬ裁判では、国民の幸福を保障することが出来ぬ。この弊を救う為に、通常の裁判所の外に、別に情実裁判所を設けて、法律に依らず、実情、実際に即する裁判をするようにしたら良かろうと云う意見であった。英国の衡平法裁判所の性格に似た構想のようであった。横田氏のこの意見は、当時格別の反響もなく、そのままになってしまったが、私は注目すべき卓見であると思って、今になお記憶しているのである。法律に依る裁判は、近代国家の何処でも行われている制度であって、種々の長所があり、動かしがたい原則であるとせられる。しかし制度である限り、長所があると共に、短所もまた存在するのを免れがたい。

そこで、法律に依らざる、実情実際に即した、自由自在な裁判の長所を、今の制度に取り入れたいと云う要望が起こって来る。

この要望に応じて、各種調停の制度が設けられた。法律家ならぬ、常識あり、経験ある人々が調停委員となって、争を聴き、実情実際に即した解決を目ざして、調停をする。調停制度は広く行われて、かなり良好な成績を挙げている。

最近に家事審判所が設けられて、同じく法律家ならぬ、常識あり、経験ある人々を参与員、調停委員に選任して、家庭内の紛争を聴き、実情、実際に即した、常識的な解決をしてもらうことになった。この制度も、関係諸氏の努力によって良好な成績を示すであろうと期待する。

万人の生活を保障し、個人の生活を安全ならしめるのが政治の第一の要諦であろう。二代将軍の所謂ろくを裁くことは、今日の裁判では出来ぬまでも、その精神は尊重して良かろう。どうにかして、なるべく実情実際に即した、善き裁判をするようにと心掛けたい。

（昭和二十二年七月）

正直エーブ

エーブリハム・リンカーンは若いときから正直エーブといわれていました。弁護士になって、初めてイリノイ州の高等裁判所の法廷に立ったとき、裁判長に向かって次のように申しました。

「私の最初の事件であるこの事件について、私は熱心に研究し、判例がどうなっているかを調査しました。不幸にして私の主張を維持する根拠を発見することが出来ず、却《かえ》って相手方の利益になることを見つけました。その結果を裁判長に提出して、この事件の依頼を辞退することに決心しました。」

そしてサッサと退廷してしまいました。世間の人はリンカーンの正直な行動に驚いたのであります。正直エーブは弁護士になっても、正直エーブの面目を改めなかったのであります。

弁護士は依頼人の利益を代表し、依頼人の為に全力を挙げてその利益を計る職責を有します。苟《いやしく》も依頼人の不利益になるようなことを為すべきでないことは勿論であります。これはリンカーンの能《よ》く知っていた事柄であります。しかしリンカーンは自分の調査の結果が依頼人の利益にならず、寧《むし》ろ相手方の利益になることを発見するや、依頼人の利益を主張し、維持することは正義に反し、自分の潔しとせざることを感じて、直ちに辞任退廷したのであります。これは正義感が熾烈《しれつ》で、実行実践の勇気が卓越した人でなければ出来ないことでありましょう。

裁判は正義の実現であります。そして弁護士はその正義の実現に協力する責務を有します。依頼人の主張が正義に反するときでも、その主張を維持しなければならぬものか、否かは疑わしいと思います。リンカーンは依頼人の主張の正しからざることを信ずると共に、これを維持するのは、自分の信念に反くものであると信じたのであります。リンカーンの一生を貫いた高貴な精神は、悉《ことごと》く皆この若いときからの正直にその源を発します。正直であったればこそ、リンカーンはあれだけの名誉を博し、あれだけの事業を為し、世界最高の偉大な人物と称せられ、その当時から現代に至るまで、人々の景仰の的となっているのであります。正直は驚嘆に値する偉大な徳でなければなりませぬ。正直エーブは若い貧乏な少年のときから、弁護士になり、議員になり、やがて大統領になり、遂に非命に斃《たお》れるそのとき迄《まで》、終始一貫して正直の徳を護持発揚したのであります。

今の世相は正直者が損をするといわれて、正直が軽視せられている傾きがあります。徳というものは、損得や、利害に関係ないものであります。たとい損をすることがわかっていても、正直は守るべき徳でありましょう。凡《およ》そ高貴な行為は如何なる場合にも、利益や損得を打算しては行われませぬ。物質上の利益や、世間の評判や、世間的名誉や地位、そんなことに累《わずら》わされることなく、自分の信念と良識に従って行動するところに、高貴な精神が見出されます。損をするからとて、正直の徳を守り得ぬようでは、その人は取るに足らぬ人物と申して差し支えありませぬ。

今の世は、日本を良くするために、人々が全力を挙げ、全身を捧《ささ》げて働かねばならぬ大事なときであります。それと共に、十分の覚悟を以て自らの徳を養わねばならぬ大切な時であります。徳目は多いが私は正直が最も手近な、最も重要な徳であると思います。

リンカーンの一生を見ると、その学ぶべき点は多々あります。しかし正直こそ、リンカーンの一生を通じて現れた最高の徳であったと信じております。私は何を措《お》いても、先《ま》ず第一に正直でありたいと思います。

(昭和二十三年八月)

昔の裁判と今の裁判

私は明治四十一年に、長野で判事を勤めたことがある。木曾の御料林の盗伐事件が頻々《ひんぴん》とあった。聞いてみると、明治初年以来、御料林の盗伐事件は不断にあって、親子代々、懲役になるものもあるし、再犯、三犯以上のものも数多くあると云う話であった。

木曾の山林は、元来、紀州徳川家の領分であった。木曾は田畑のない処だから、木曾谷の人々は樵夫《しょうふ》(きこり)を業として暮らしてきた。親子代々の樵夫である。紀州家では、良木、大木は別だが、雑木や、小木は、大目に見て、人々に自由に伐採させておいた。それで人々は樹木の伐採を業として暮らして来たのだ。その代わり、紀州家御用の樹木の伐《き》り出し、搬出の際には、人々は骨身を惜しまず働いて、平素の御恩に報いたそうだ。

然《しか》るに明治になって、その山林は御料林に編入せられて、帝室林野局の管理になった。

林野局は木曾谷に役所を設けて、多くの役人を置き、山林を監視せしめた。木曾谷の樵夫は親子代々の樵夫で、他に営むべき生業を持たぬから、生きて行く為には、山林へ入って樹木を伐り出すより外には途《みち》がない。そこで御料林になってからも、紀州家の領分であったときと同じように、伐採する。すると監視に見つかって告発せられる。裁判にかけられて、山林窃盗で懲役にやられる。懲役から出て来ても、外に生業がないので、依然として盗伐をする、また懲役にやられる。親も懲役、子も懲役と云うことになる。余《あま》り盗伐が多いので、それらの人々の為にとて、御手元金数万円の御下賜があったそうだ。然るに土地の有力者は、その金で農学校を設立した。折角の御下賜金があったのに、樵夫の暮らしには何の役にも立たぬので、彼等は依然として山林に入り込んで盗伐をする。私が長野に勤めていた当時迄、四十年の久しきに亙《わた》り、盗伐は不断に行われ、山林窃盗は絶えず処罰せられた。他に生業がないからとて、無罪にするわけには行かぬ。事情は気の毒でも、窃盗は窃盗である。懲役にする外には途がない。私は刑の言い渡しをするたびに、暗い気持ちになったのである。

比叡山の麓の八瀬の村人は、古くから延暦寺の結界内に入り、樹木を伐って生業としていた。ところが徳川の六代将軍家宣のとき、延暦寺は、上野の法親王を経て、比叡山の結界内は伝教大師以来の神聖な地域であるのに、八瀬の村人は勝手に入り込んで、樹木を伐採し、結界内を荒らすのには迷惑するから、厳重に禁止してもらいたいと訴え出た。一方、八瀬の村人は、樹木の伐採が禁止せられると、古来の生業を失い、生活が出来なくなるから、どうかこれまで通り許してもらいたいと願い出た。調べてみると、延暦寺のいう通り、そのあたりは正に延暦寺の結界内である。しかし樹木の伐採を禁止すると、八瀬の村人は生業を失い、暮らしに困る。そこでどうしたら良いかが問題になった。

将軍家宣は、新井白石の意見に従って、延暦寺の訴を認めて八瀬の村人は今後、結界内に入り込んで、樹木の伐採をしてはならぬ。その代わり、八瀬の村人には相当の田畑を与えるから、百姓になったら良かろうと裁断した。延暦寺も目的を達するし、八瀬の村人も暮らしの出来るようになったのである。それで此《こ》の事件は落着した。

その次の年、白石は用務を帯びて上洛したついでに、八瀬の村へ出かけて行って、茶店に休み、そこの老婆にそれとなく事情を聞いてみた。老婆の云うには「八瀬の村人は昔から木樵《きこり》をして暮らして来たので、一時は途方に暮れましたが、公方様から、田畑をいただいて、百姓をすることになったので、よろこび勇んで百姓を始めました。まだ慣れませぬので、うまくは参りませぬが、二、三年もたったら、立派にやって行けるだろうと、一同よろこんで、公方様の御取計いをありがたがっております。」それを聞いて白石は大いに安堵したそうである。これは『折り焚く柴の記』に書いてある名高い話である。

　木曾御料林の盗伐事件を取り扱ったことのある私は、『折り焚く柴の記』を読んで延暦寺と八瀬の村人との訴訟、白石の意見、家宣の裁断を知り、いろいろと考えさせられた。つくづくと昔の裁判と今の裁判との相違を思案した。

　昔の裁判は即ち政治であり、政治は即ち裁判であった。それだからこそ、白石のような意見も立ち、家宣のような裁断も出来たのだ。昔の裁判には、人情味があったようだ。今の裁判は政治と分離した。裁判は裁判、政治は政治、それぞれ別々の分野に立つ。今の裁判では、どんなにしても、家宣のような裁判は出来ぬ。如何に工夫しても、裁判では、木曾谷の樵夫に生業を与えることは出来ぬ。

　今の裁判をするにしても、私は昔の裁判のありようを出来るだけ学びたいと思っている。昔の政治の局に当たる人々の、裁判に苦心した跡を知るだけでも、私にはありがたい。


（昭和二十二年八月）

高山樗牛《ちょぎゅう》の言葉

私は荘内中学の生徒であった当時、斎藤信策君と懇意でした。よく遊びに行ったり来たりしました。斎藤君の長兄が樗牛高山林次郎でした。その頃、既に文名を馳せていたが、まだ文科大学の学生でした。夏休みに帰省すると、よく私ら少年を集めて、いろいろの話を聞かせてくれました。湯野浜の宿に斎藤君と共に訪ねて、話を聞いた事もありました。

高山樗牛に何の話を聞いたか、半世紀も前の事ですから、殆《ほとん》ど忘れてしまいました。ただ一つ覚えている言葉があります。

「君達はよく世界の歴史と、世界の地理を勉強しなければならぬ。世界の歴史を学ぶと、縦に人類の数千年の間の仕事がわかるし、世界の地理を学ぶと、横に人間の住む数万里の地域がわかる。世界の縦と横とがわかって、初めてあらゆる学問が活きて来る。世界と人間とがわからなくては、何事も出来る筈《はず》がない。現代の一切の事柄は悉《ことごと》く皆この一節につながっている。歴史と地理の知識が必要な所以《ゆえん》である。」

この言葉は妙に私の念頭を離れませんでした。私はこの言葉を、今もって昨日のことのように覚えています。私がいくらか西洋、東洋の歴史を学び、世界の地理を学んだのも、この言葉のおかげだと思っています。私の視野、眼界を啓《ひら》いてくれたのもこの言葉であったと思います。樗牛は二十数歳の若さで、既にかかる見識をもっていたのでした。一世に名を為したのも偶然ではないと思います。

日本人は従来あまり偏狭でありました。世界の事を知らなすぎました。日本だけにしか通用しない道理や、論理を振りまわして、独りよがりをして陶酔しておりました。

明治維新の当時は、広く知識を世界に求め、文明開化に追随せんとあせりました。弊害もなくはありませんでしたが、その進歩的な溌剌《はつらつ》たる精神は、孜々《しし》として世界知識を学び、これを吸収しました。その急速なる進歩は、寧《むし》ろ世界の人々を驚かしたのでした。

然るに昭和年代になると、反動の嵐が、国中を吹きまくりました。私はこれは、攘夷思想の復活だと思っております。江戸末期に開国論と攘夷論とが激しい闘争を致しました。攘夷論は暴力を伴って、討幕論と結びつき、復古思想に従って、尊王論と結びつきました。そして開国論を圧倒し、明治維新の革命を成就せしめました。しかし明治政府の局に当たった当時の政治家は、攘夷論者ではあったが、攘夷の行いがたく、開国の已《や》むなき事を知っていました。それ故にその政策は、専ら開国論の指示する線に従ったのでした。薩長政府は、西洋の学問知識を豊富にもっていた旧幕の人々を利用して、その知識と学問とを借りるより外なかったのであります。旧幕人たる西周《あまね》、津田真道《まさみち》、福知源一郎、福沢諭吉、中村敬宇、尺《せき》振八、松本順、加藤弘之等の西洋学者がいかに一世を指導したことか。西洋学者が用いられ、攘夷論者が顧みられなくなって、幾多の不平が、多くの内乱を引き起こしたことは歴史に明らかな事実であります。然るに昭和年代になってから、この葬り去られた攘夷論が墳墓の中から復活しました。偏狭極まりない、日本にだけしか通用しない道理や論理が、暴力を伴って、日本全国を吹きあらしました。明治以前の開国論が、攘夷論の暴力に雌伏してしまったと同様に、進歩的思想を抱く人々は、只管《ひたすら》雌伏するより外なかったのでした。

昭和年代の半ばになると、その攘夷論は増長して、傍若無人にあばれまわりました。世界の道理や、世界の論理を軽蔑し、無視して、勝手放題に行動しました。その結果が今度の敗戦です。無謀とも、乱暴とも、云いようのない戦争でした。私はこれは攘夷家の亡霊どものなせる業だと思っております。

これからはそれではなりませぬ。わが国は生まれ変わらなければなりませぬ。

「いづれの国家も、自国のことのみに専念して他国を無視してはならないのであつて、政治道徳の法則は、普遍的なものであり、この法則に従ふことは、自国の主権を維持し、他国と対等関係に立たうとする各国の責務であると信ずる」と新憲法前文に書いてあります。

われわれは世界の道理を知り、世界の論理を学び、世界の知識を体し、世界の感覚を持たねばなりませぬ。日本だけにしか通用せぬような偏狭固陋《ころう》な攘夷思想は、これをかなぐりすてて、世界の大道、世界の通義に従わねばなりませぬ。そして世界の進運に貢献し、世界の文化に寄与し、国際社会の一員として、立派に相伍《ご》するようにならねばなりませぬ。
私は半世紀も前に、高山樗牛の教えてくれた言葉を想起し、これを機縁として、しみじみとわが国の過去をしのび、将来に望みをかけます。眼界を高くし、視野を広くし、世界共通の原則を体得して、新憲法の期待する精神を実現するように、相共に努力致しましょう。

（昭和二十二年九月）

官反内貨来

京都所司代板倉重宗は、あるとき古着屋の主人を呼び出した。古着屋は、したたか者で、「あなたは御存じありますまいが、古着商の故事慣例はしかじか。」と滔々《とうとう》と弁じ立てて、重宗を煙にまいて引きさがった。それから時を経て、その古着屋は贓物故買の罪で捕えられて、打首になった。京童は、あの古着屋も、あれほど、板倉様をやりこめなかったら、よもや打首にはならなかったろうにと、噂をしたそうである。

これは『藩翰譜《はんかんふ》』に書いてある話である。新井白石は、更に付け加えて、板倉殿ほどの人でも、反の一字は守りがたかったものと見えると評している。

反の一字というのは、官反内貨来の二番目の反を指すのである。官反内貨来の五字は、『書経』の呂刑《りよけい》の編にある言葉で、わが国では、昔から役人の戒《いましめ》として、普《あまね》く行きわたっていた言葉である。そこで白石は『藩翰譜』に右のような批評を書いたのである。

官反内貨来の最初の官と云うのは、威勢なりと註してある通り、官権を濫用し、悪用して、為すべからざることを為したり、為さしめたり、為すべきことを為さなかったり、為さざらしめたりすることである。官吏が官権を笠に着て多くの非違を敢えてすることは、近頃の新聞にも、毎日のように伝えられている。

二番目の反と云うのは徳怨に報ゆるなりと註してある。自分の世話になったり、恩顧を受けたりした人の為に、利益になるように計らったり、自分の怨のあり、反感をもっている人に、不利益になるように計らったりするのがこれである。板倉重宗は古着屋に反感をもっていたので、古着屋の罪はそれほどでもないのに、打首にしたのだと、京童は見たのである。

三番目の内と云うのは、女謁《じょえつ》なりと註してある、妻妾の口入れや進言によって、公の事を処理することである。

四番目の貨というのは、賄賂のことである。賄賂の行われる政治は悪政の随一である。

五番目の来と云うのは、自分のところへ、足繁く出入りする者に特別の利益を計ってやることである。懇意な人の為に、特に利益を計り、特に地位をつくってやることなども、今の世に屢々《しばしば》行われて、人々の口の端にのぼっている。良くない事である。

私の亡父は役人であったが、官反内貨来を書いた小幅を所蔵して、時々、書斎の床にかけてながめていた。服膺《ふくよう》し、反省して、正しい役人の道を歩むよすがとしたのであろう。亡父の所為にならって、私も官反内貨来を小幅に書いてもらって自分の居室にかかげたいと思う。役人の道を踏み外さぬようにと心掛けたいからである。私も白石のような人に悪口を云われたくはない。


（昭和二十三年十一月）

庭を掃く

皆春荘の門前を通る毎《ごと》に、私はいつでも足を留めて、暫《しばら》く門内をのぞき込む。塵《ちり》一つなく、綺麗《きれい》に掃き清められて、朝夕、水を打ってある。門から玄関迄《まで》の風情に、いいがたい清爽の気持ちがあって、主人の心境のすが〳〵しさと床しさが偲《しの》ばれる。皆春荘の主人は当年七十七の老婦人で、自ら鋏《はさみ》を握って庭樹の手入れをし、箒を取って掃除をする。庭のすが〳〵しさは、また一段とすぐれている。

私の小田原の宅は、いうに足らぬ茅屋である。併《しか》し私も毎朝早く起きて、庭を掃除し、水を打って、縁側に腰をかけ、一服の煙草を吸い、一碗のお茶を啜《すす》りながら、掃除のあとをながめる。私のささやかな楽しみである。

私は一昨年五月まで渋谷に住んで、戦災のその日迄も、日々庭の掃除をしていた。いずれは焼亡するものと思いながらも、それ迄は庭を綺麗にしたいとの念願であった。焼けた翌朝、焼跡に立って、庭の掃除の行き届いていたのを見て、自分で一種はかない満足を覚えた。

私は庭の掃除をするのを、心の掃除をするように思っている。決して人に見せる為にするのではない。禅僧は、心を明鏡のようにする為に、居常その塵埃《じんあい》を清掃するのが、その修行だと聞いている。私は禅僧の修行の後を追うつもりではない。しかし、庭を掃き清めると、なんとなく心の塵埃も清掃せられるような気がして、ささやかな満足と楽しさを感ずるのである。

焼跡に雑草の茂っているのを見るのは痛ましい。焼け残った家の庭に雑草が茂ったり、塵埃がいっぱいになったりしているのを見るのは、それにも増して痛ましい気がする。役所や事務所の塵埃だらけなのを見ると、その能率の低下していることをすら想わせる。掃除は決して人に見せる為ではない。自分自身の為である。自分自身の心の満足の為である。

禅寺の庭の掃除は雲水の朝の修行の一つだそうだ。禅寺の庭のすが〳〵しさはまた格別なようである。私は書生のとき京都に住んでいた。掃除の行き届いた南禅寺、相国寺、大徳寺などの禅寺の境内を歩くと、なんともいえぬすが〳〵しい気分になったことを覚えていて、今でもなつかしい想いがする。何時であったか、西芳寺を訪ねたとき、住職が自分で、せっせと箒を持って掃除をしていた。湘南亭も、潭北亭もすがすがしい限りであった。

今年の夏の暑い一日、皆春荘の主人その他二、三人の人と、真鶴に今田さんの莫耶荘を訪ねたことがあった。石段から玄関迄、かなり長い路を頗《すこぶ》る丹念に掃除してあって、十分に打ち水がしてあった。座敷に通り、やがて薄茶を振る舞われた。その味と香りとが、醍醐のような心地がして五臓にしみ込むように覚えた。清風が座上に生じて、夏のあつさを忘れてしまった。今田さんは東京の放送局の勤め人で、忙しい人である。真鶴から東京へ通勤せられる。それでも暁早く起きて、庭の掃除を丹念にしてからでないと、出掛けられないそうである。今田さんは風流生活を念とする茶人である。多年茶道に精進せられる間に、体得せられたその心境には、私のような俗人は只管《ひたすら》、頭の下がる想いがする。

私は寒山拾得の絵が好きだ。箒を持つ姿、口を開いて大笑する姿が気に入っているのだ。私は大観画伯の寒山拾得の一幅を愛蔵していたが、戦災で焼けてしまった。絵は焼けても、寒山拾得の姿は、私の胸底にいつ迄も生きている。寒山詩を読むと、その寒山拾得が、映画を見るように、生き生きと動いて、箒を使う。呵々《かか》大笑《たいしょう》する。絵の焼けたのを悔やむことはない。

私は近頃東京へ通勤するようになって、毎朝早く家を出なければならぬ。加うるに日が短くなって来て、庭掃除の出来ぬ日があり、途中でやめねばならぬ日のあるのを遺憾としている。そしてそんな日には、一日心が曇っているようで、愉快でない。毎朝庭掃除をして、すが〲しい気分になって、それから出勤するように工夫をしたい。それが私のささやかな希望である。念願である。

（昭和二十二年十一月）

一人の生命

中村敬宇（正直）先生の『西国立志編』は、明治の初年、文明開化の時代に最も広く読まれた書物の一つである。明治三年の刊行で木版和装の十一冊本である。誰でも知っている通り、英国スマイルズの『セルフ・ヘルプ』の和訳である。『セルフ・ヘルプ』の和訳本はその後数種刊行せられた。今では『西国立志編』を読む人は殆《ほとん》どあるまい。併《しか》し『西国立志編』第一編序の漢文で書かれた一篇は、真に経国の大業、不朽の盛事、永久に伝えられるべき文字であると私は思う。軍備の撤廃を論じ、戦争の廃止を主張した光彩陸離たる大文章である。その一節に「一人の生命は全地球よりも重し。土地をむさぼるの故を以て、至貴至重の人命をして、横しまに極惨極毒の禍にかからしめ、共に皇天の意にたがい、造化の恩にそむくは、その罪のがるべからず。」とある。

明治初年、富国強兵論の盛んに行われ、軍備の整頓拡張に日もこれ足らず、西洋の兵書の訳が流行し、現に敬宇先生の友人も、『西国立志編』の訳業などは放擲《ほうてき》して、兵書を訳したらよかろうと忠告したような時代に、独り敢然として軍備の撤廃、戦争の廃止を提唱して、一世の蒙《もう》を啓《ひら》かんとしたその高邁《こうまい》な識見と、烈々たる気魄《きはく》とには、大いに敬服せざるを得ない。先生はかくして「地球万国は学問文芸を以て相交わり、利用厚生の道を以て互に資益し、彼此安康にして共に福祉を受けること。」を期したのである。

中でも、「一人の生命は全地球よりも重い。」という一句は、先生の道破せられた言葉で、永遠に伝えらるべき名言である。

新憲法は敬宇先生の提唱せられたように、軍備を撤廃した。戦争を廃止した。世界に率先してこの挙に出でたのは、列国の追随せんことを欲したからであろう。

先生の序文の最後に「西国近来大に刑罰を省く。然れども猶《なお》未だ戦争を廃する能《あた》わず。豈《あ》にその教化の未だあまねからざるあるか。そもそも宇宙泰運の期未だ至らざるか。嗚呼《ああ》六合《りくごう》の際、礼教盛んにして兵刑の廃せらるべきは、当に日あるべきなり。恨むらくは余、君と、未だこれを見るに及ばざることを。」とある。

先生の見るに及ばざることを恨まれた軍備の撤廃、戦争の廃止を、我々はわが国において、今日正にこの眼をもって見るを得たのである。続いて礼教盛んなる日の一日も早く来たらんことを希望する。

一人の生命は全地球よりも重い。個人は尊重せられねばならぬ。新憲法第十三条は個人の尊重を規定し、更に生命自由及び幸福追求に対する国民の権利については、最大の尊重を必要とすることを定めた。個人は尊重せられる。国民は法律上平等である（第十四条）。

すべて国民は健康で文化的な最低限度の生活を営む権利を有する（第二十五条）。新憲法の国民に保障する基本的人権は、個人の生命の至貴至重なるところより発生するといってもよかろう。

「一人の生命は全地球よりも重い。」この一句は敬宇先生の名と共に、全世界に伝承せられるであろう。生命は重い。個人は尊重せられねばならぬ。礼教は盛んにせねばならぬ。私は敬宇先生の如き先覚者が、一世を指導した明治初年の文明開化の時代をなつかしく思う。第二の文明開化の時代たる現時においてこそ、敬宇先生のような、高邁な識見と、烈々たる気魄を有する先覚者を求めることが、更に更に必要切実である。

（昭和二十二年十二月）

道義

殺人、強盗、窃盗、横領、詐欺、恐喝と、あらゆる犯罪が激増する。刑務所は超満員になる。役人はわいろを取る。不正不義は横行する。ヤミは拡がる。道徳は地に落ちる。混乱、混沌《こんとん》は果てしがない。これで日本はどうなるのか。破滅のどん底に落ち込むのであろうか。起《た》ちあがれなくなってしまうのではなかろうか。

併《しか》し混乱の後は、何時の代、如何なる国でも、常にかかる様相を示すのだ。史籍を読むと、その有様がまざ〳〵とうかがわれる。ヤミはいつまでもヤミではあるまい。やがて夜明けが待たれる。厳冬のさ中でも、地下には春の胎動がきざしている。われわれは夜明けを待ち、一陽来復を望んで、今からその準備を進めねばなるまい。

犯罪を取り締まり、不正を糾《ただ》すのは固《もと》より法の範囲に属する。法の励行は大事であり、法の遵守は大切である。憲法の如きは、全国民が全力をあげて擁護せねばならぬ国家の根本法である。その他の法といえども、法たる限り、国民は鋭意、その護持に努めねばならぬ。法に背き、法を犯すのは、国民自らを裏切るものといわねばなるまい。

併し法を如何に励行しても、法に任ずるだけでは、国の建て直しはむずかしい。厳刑酷罰を如何に課しても、今の世相は革《あらた》まらぬ。法は倫理道徳の根底に立つ。倫理道徳が基礎であり、根本である。道義が本当に徹上徹下するに非《あら》ざれば、日本の再建は覚束ない。ある法学者が、法は倫理の最小限であるといった。まことに法は倫理の最小限である。道義に根ざした世の中になり、道義に根ざした生活が営まれなければ、世の中は必ず良くならないし、国民の幸福は決して期待出来ぬ。道義の確立と発揚こそ、日本再建の最重要、最根本の条件である。道義は法の最大限であろう。

万物は流転し、あらゆる事がらは移り変わる。道徳倫理また然り。昨日の道徳は今日の道徳でなく、旧時の倫理は今の倫理ではない。

デモクラシー日本の道義は、旧時のそれと、全くその面目を異にする。旧時の偏狭な国家道徳は、個人の国家への隷従を訓《おし》えた。昨日の固陋《ころう》な国民道徳は、個人の封建的犠牲を強いた。新憲法が人類普遍の原理に基づいたのと同じく、今日の道徳もまた、人類普遍の原理に基づかねばならぬ。世界性のある、新しい溌剌《はつらつ》たる道義たるを要する。われわれは偏狭固陋、隷従封建の道義をかなぐり棄てねばならぬ。

道義の振作は、今においての最喫緊事である。これなくしては、世の中の建て直しは望み得ない。日本の再建は期待出来ぬ。併し道義の振作はすこぶる困難である。ほとんどかぎり知られぬむずかしさがある。徒《いたずら》に口舌をもって為し遂げらるべきではない。いくら津々浦々を講演して回っても、家ごと戸ごとにパンフレットを配っても、そんなことでは決して振作せられまい。一挙にして解決するには、余《あま》りに重大な問題であり、一朝一夕にして為し遂げるには、余りに根本的な事柄である。

道義の振作は全国民の自覚に待つより外ない。国民が日本の現状を深く認識し、日本の建て直しを堅く決意し、道義の振作が日本再建の第一義であることを自覚することから始めねばならぬ。政治家でも、役人でも、農民でも、商人でも、技術家でも、労働者でも、学者でも、教員でも、裁判官でも、弁護士でも、だれでも皆、この自覚の下に、各自の良心良識の命ずるところに従い、各自の職域において、精一杯の力をあげて、その職務に精励する。そしてその職責を完遂する。ここに道義振作の素地が出来上がり、日本再建の夜明けの鐘が鳴り響く。

わが国をいつまでも現状のままに置くわけには行かぬ。ヤミの日本を明るい日本に、不正不義の日本を正義の日本に、混乱混沌の日本を秩序ある日本に、是が非でも改造しなければならぬ。われわれは今ここに道義日本建設の大業に従う門出をする。前途は遠い。艱《かん》険《けん》は横たわり、障害は頻起する。併しわれわれは不屈の勇気、不撓《ふとう》の気魄《きはく》を以てその艱険を乗り越え、その障害を払いのけて、ひたすらに前進しなければならぬ。

台湾省原住民の説話に、太陽を射た話がある。昔、太陽の外に、も一つ邪悪な太陽が現れた。その炎熱で、穀物は育たぬし、人々は苦しみ悩む。一人の義人がその太陽を射落とすことを決心して、弓矢を手ばさみ、子供を連れて旅路に上る。種をまきながら、子供を育てながら、旅から旅へと渡り歩く。年老いて死んでしまう。その子が父の遺志を継いで同じ旅路に上る。その子も老いて死んでしまう。孫が旅路に上る。やがてある朝、丘に立つと、邪悪の太陽があたかもよし、矢ごろに輝く。太陽目がけて弓を引く。切って放った矢は、真っすぐに、空へ空へと飛んで行く。大音響が天地も崩れるばかりにとどろき渡る。

見よ。邪悪の太陽は墜落したのだ。それ以来太陽は一つになって、人々は幸福に暮らせるようになったという。

われわれはこの義人のように、不退転の決意と気魄を以て、道義日本建設の旅路に上ろう。中道にしてたおれたなら、子が継続しよう。孫が継続しよう。そしてある朝、太陽を射落としたように、何時かは「乳とミツとの流れるカナンの地」に到達する日が来るであろう。私はその日の必ず来たらんことを確信する。

（昭和二十三年一月）

読書雑談

蘇東坡《そとうば》の詩に、肉を食わないと、人は瘠《や》せる。竹を見ないと、人は俗になる。瘠せるのはしんぼう出来るが、俗になるのはたまらない。肉はなくとも、竹は栽《う》えなければならぬというような詩があった。私の厨《くりや》には肉はないが、庭には竹が栽えてある。私は骨と皮ばかりに痩せてしまったが、いくら竹を見ても、相変わらずの俗人である。併《しか》し書物は私の心の糧である。書物を読まぬ日は、心が空虚になるような気がしてならぬ。厨に肉がなくとも、庭に竹を栽えなくとも、書物だけは座右に置きたいと思う。

私は生来の無器用で、無精な故であろう。運動は嫌だし、勝負事はいやだし、音楽は駄目だし、何一つ道楽はない。唯一の楽しみは書物を読むことだけである。併し私の読書は、研究の為でもなく、勉強の為でもない。修養のつもりもなく、学問の故でもない。何の系統もなく、何の秩序もない。徒《いたずら》にあれこれと読み散らすだけである。も少し系統のある、秩序のある読書をしていたら、もっと別の人間になっていたかも知れぬ。併し元来が楽しみの為の読書であって、目的のある、あてのある読書ではないのであるから、今更後悔することもない。

記憶力のないことも、都合の好《よ》いことがあるものだ。同じ書物を何度読んでも、前に読んだのは殆《ほとん》ど忘れているから、新たに読むような興味がある。たまに記憶していたところへ来ると、異郷で故人に逢ったような気がして、また面白い。

私は『通鑑《つがん》』が好きだ。先年、二度目を読み始めたとき、あまり忘れるので、ノートを取りながら読んでみた。一年近くもかかって、ノートを丹念につくったのだが、扨《さ》て、『通鑑』もノートも共に焼けてしまってみると、何の事はない、忘れることは同じなのだ。ノートはあれば役にも立とうが、なくなれば何の役にも立たぬ。役に立てようと思って書物を読むのでないのだから、ノートを取るなど無駄な事だった。

私の渋谷の宅は、どの部屋も書物でいっぱいであった。勿論、稀書珍書などは全くなく、善本良書なども殆どなかった。実用になる俗書、安本ばかりであったが、なにしろ、半世紀近くの間に集まったのだから、一冊残らず、焼けてしまってみると、流石にいくらか寂しい気がして、精読したり、愛読したりした本の面影が目先にちらついたりした。

一昨年の六月、焼けあとから、小田原へ退散して来て、書物がないので、読書が出来ず、困ってしまった。すると、友人の三宅正太郎君が京都へ行ってさがして来たとて、『資治《しじ》通鑑』八十冊を贈ってくれた。三宅君は私が『通鑑』を愛読していたことを知っていたからだ。これは実に嬉しかった。それからは読書に困ることなく、朝夕、『通鑑』を読んでよろこんでいた。『通鑑』一部さえあれば、一生読んで楽しむに事を欠かぬ。最早、書物に飢えることはないと心強く思った。

三宅君は更に、『詩経』、『書経』、『易経』の集註を贈ってくれた。『詩経』、『書経』、『易経』は従来のぞいた事もなかったのだが、読んでみると頗《すこぶ》る面白い。特に易の面白さは格別であった。程伊川の『易伝』には全く敬服して、日々耽読《たんどく》した。『近思録』に『易伝』の言葉が多く載せてあって、解りにくかったのが、『易伝』を通読してみると、『近思録』は解りよくなってありがたかった。『易経』を読む機会を恵まれたのも、結局、戦災の御《お》蔭《かげ》である。戦災に遭わなかったら、私は遂に一生、『易経』を読むことがなかったかも知れぬ。これだけでも蔵書の焼けたことなどは悔やむに足らぬ。

　一昨年、長谷川萬次郎氏が泊まりがけで遊びに来たとき、小田原の市中を散歩して、古本屋をのぞいてみた。私は林希逸の『老子口義』と『続蒙求』を買い、長谷川君は『文選正文』と『二程全書』を買った。『老子口義』は老子を読むのに、至極便利に出来ていて、これも感服した。『続蒙求』も面白かった。

　朝日新聞社の鈴木敬之君が、私の書物のなくなったのを憫《あわれ》んで、その長男と二人で、『漢籍国字解全書』三十六冊、特製本の重いのを、リュックにつめ、担いで来て、わざわざ寄贈してくれたのは、ありがたかった。これは私も並製本を蔵していて、御蔭を受けた書物である。私が『左伝』を読んだのも、この国字解を手頼《たよ》りにしたのだ。当時、山口剛の『左伝』本文の和訳のうまさに驚いたことがあった。改めて『論語証解』を読んで、桂湖村《こそん》の学問の深奥なのにも歎服《たんぷく》した。『国字解全書』三十六巻は座右に置くのに、適当な書物である。

　久しい前のことである。先師岡松参太郎先生は、牛込薬王寺の宅内に書庫を建てたから見に来いと招かれたので、参上したことがあった。夥《おびただ》しい和漢洋の書籍が整然とならんでいて、私は眩《くる》めくように覚えた。私は陋屋《ろうおく》にのみ住んで来て、書斎さえ持ったことがないくらいであるから、書庫を欲しいなどとは夢にも思わなかった。併《しか》し先生の書庫の見事なのを拝見しては、流石に心が動いたのであった。

岡松先生は「辞書は便利なものだ、自分は出来るだけ東西の辞書を集め、あらゆる部門、あらゆる方面の辞書を備え附けることにしている。何かのときに、役に立つものだ。」と教えられた。先生の書庫には、思いもかけぬ部門や、方面の辞書が、数多くならんでいたのを記憶する。私も先生の教えに従い、いくらかの辞書、類書、地図、年表を備えて、常にそのおかげを受けていた。小田原へ引き込んでからは、一冊の辞書も、一部の地図もなくなった。辞書や地図のないのは、読書子にとって、此の上ない不便なことをつく〴〵と感じたのである。

小田原には市立図書館がある。多数の人々がよく利用している。私も時折出かけて、数冊の書物を借りて来た。どれほど役に立ったか知れぬ。地方図書館が、これほど利用せられ、これほど役に立っていることも、私は小田原へ来て初めて知り得た事だ。地方図書館はもっと規模を大きくし、数を多くしたいものだ。地方文化の向上に、これほど役に立つ事業は他にはあるまい。

幕末の川路左衛門尉は勘定奉行を勤めていて、繁忙の間にも常に読書を怠らなかったそうだ。往復の駕籠《かご》の中で読むのに手頃な、四書の註は何が良かろうと安積艮齋《あさかごんさい》に相談した。艮齋は近頃会津で版にした『四書輯疏《しゅうそ》』が良いだろうと薦めている。その往復の手紙を何かで読んだことがある。『四書輯疏』は安部井帽山《ぼうざん》の編著で、私も愛読した書物である。

私は昨年の八月から、忙しい職務に就いて、日々東京へ通勤している。十分な読書の暇のないのは遺憾である。併し川路左衛門尉のまねをするのではないが、汽車の中でも読書は出来る。字の大きな漢籍は特に便利だ。毎日数枚だけでも、読みさえすれば気が晴れる。私のカバンの中には、何時でも二、三冊の漢籍がはいっている。詩集なども、汽車の中で読むには適当なようだ。

古人は『中庸』一巻さえあれば、一生愛用して尽きぬといった。私は友達の厚意によって、一生愛用し尽くせぬほどの書物を備えて、読書の快味を満喫し得る境涯をありがたく思う。読書によって、私の心はゆたかになる。読書は私の唯一の楽しみである。願わくは、書巻を手にして「優なるかな游なるかな、聊《いささ》か以《もっ》て年を終えん。」ことを。


（昭和二十三年四月）

夏と読書

読書には季節はない。春夏秋冬いつでも適当である。しかし私は夏の読書を好む。朝早く部屋を掃《はら》って、番茶一碗を喫し、書物を読むの快味は何ものにも代えがたい。私は若いとき裁判所に勤めていたが、平素忙しくて、法律の雑誌に載る論文を十分に読む暇がなかった。そこで夏の休みには、一年間の法律雑誌をとり揃えて、勉強して読んだ。判例もまた夏休みに、過去一年分を読んだ。夏休みは私の書き入れの季節であった。

私の銷夏《しょうか》の法は、山へ行くに非《あら》ず、海へ行くに非ず、閑居して書物を読むにある。涼しければ涼しいで、爽やかな気分で読書をする。あつければあついで、汗を流して読書する。ねむくなれば、ねむるし、あきればやめる。意に随《したが》い、好みにまかせて書巻を手にする。年々繰り返してうむことがない。

夏の読書は音読も良し、黙読も良い。あつい日には、声を張りあげ、全身に汗して、文章軌範や、古文真宝を音読する。終わって水をかぶる。心身の爽快を覚える。先師大須賀筠軒《いんけん》先生は、白髯《ひげ》を撫《ぶ》しながら、よく『史記列伝』を朗読せられた。その風格は、半世紀を隔てた今日、なお眼中に歴々としている。昔の書生には朗読の上手な人が多かった。亡友・菱沼星川などもその一人だ。

読書は人によって流儀がある。私は一部の書物を初めから終わりまで読んでしまわぬと気がすまぬ。去年の夏は、小田原の宅で、程伊川の『易伝』を末尾まで読んでみた。理解できぬ処も多くあったが、そこには停滞せずに、そのまま読みつづけた。他日理解し得るときがあるだろうと思うからだ。今年の夏も、出来るなら、また『易伝』を読んでみたい。去年解《わか》らなかったところが解るか、どうか、恐らく、矢張り解るまい。自分の知識の浅い為であるから、已《や》むを得ない。解らぬ書物を読んで、何処が面白いのかと聞かれることがある。全部解らぬのではなく、解るところもあるから面白いのだ。前に解らなかったところが、解れば一層面白い。

先日、聖書協会から、『新約聖書』の寄贈を受けた。用紙の精良な、印刷の鮮明な、そして活字の大きな、近頃珍しい立派な書物で、私は嬉しかった。聞けばアメリカで印刷もし、製本もした書物だそうだ。この夏は、この『新約聖書』を、初めから読んでみたいと思う。註釈なしに読むのだから、解るか、解らぬか、それは解らぬ。それでも最後まで読んでみたい。今から楽しみにしている。

『通鑑』も三度目を読み出して、多忙の為に、唐の太宗の貞観の末年のところで停頓している。出来ればこれもつづけたい。

『ライフ』に載り出したチャーチルの第二次世界大戦回顧録も読んでみたい。友人知己より贈られた数冊の新刊書も読んでみたい。版を新たにして刊行せられた長谷川如是閑君の『現代国家批判』も、改めて読み直してみたい。何年か前にこの書を読んで、多くの示唆を受け、頗《すこぶ》る面白く感じたことを記憶する。

穂積（重遠《しげとう》）博士の『新訳論語』、『新訳孟子』も是非読みたい。あの古代の漢文を、現代語に訳すことは至難中の至難な事だ。現代語の語彙が豊富で、現代文の上手な穂積博士にして初めて成し得る仕事であろう。

史家鈴木成高氏の『封建社会の研究』が刊行せられた。これも読んでみたい。西洋の近世は中世につながる。中世を理解しないでは近世はわからない。中世の根幹は封建制度だ。私はブライスの『神聖羅馬《ローマ》帝国』を読んで、その識見に敬服し、西洋封建制度を、もっと学びたいと思ったことがある。英国の不動産法などは、英国封建制度の知識がなければ、到底よくわからぬようにいわれている。鈴木氏の研究は、定めて私の蒙を啓《ひら》いてくれるだろう。

あれも、これもと、希望は頗る大きい。読みたい書物を書架にならべて、読み得る日の来たらんことを楽しみにして待っているが、さて用務が多いので、この夏はどれだけの読書が出来ることか、どんなに忙しくとも、せめて毎朝一時間位は読書に親しみたいものだ。

（昭和二十三年七月）

『刑事訴訟法通論』序

日本国憲法は、基本的人権の尊重と共に、その保障を宣言した。ややもすると、人権を侵害する虞《おそれ》のある刑事裁判の制度は、憲法の精神に従って一変せられねばならぬ。この必要に応じて制定公布せられたのが即ち刑事訴訟法であり、刑事訴訟規則である。

従来我が国の刑事訴訟法は、明治初期の治罪法以来、フランス、ドイツの制度に準拠したのであった。然るに新刑事訴訟法及び刑事訴訟規則は、全くその面目を一変して、アメリカの制度に準拠したのである。人権の保障を完全に実現するには、アメリカの制度に準拠するのが、最も適当であると考慮せられたからである。

新刑事訴訟法、刑事訴訟規則は、かくの如く憲法の精神に順応して、人権の保障を全《まった》からしめるために、従来の制度を一変したものである。我が国の刑事裁判制度において、まさに歴史的の変革であるといわなければならない。しかも大陸法の伝統も全く捨て去られたわけではない。

新刑事訴訟法、刑事訴訟規則が実施せられてから、既に半年余りになるが、その精神と趣旨とを理解し、その組織と機構とを知悉《ちしつ》し、その十全なる運用をすることは、しかく容易な業ではない。そこには多くの障害と困難とが伴う。遠い背景と、深い根底とが無際限につながる。むずかしい技巧と専門的の約束が縦横にからみつく。その背景を活き活きと写し出し、その根底を掘り開き、技巧と約束とを解きほぐすには、十分な学識と、相当な経験とを要する外に、更に並々ならぬ苦心と技倆《ぎりよう》とを必要とする。

青柳文雄君は、亡友・郁太郎君の一子である。多年検事として、検察の実務に当たり、その後最高裁判所事務官に転じ、刑事訴訟法の立案に関与し、又刑事訴訟規則の立案にも当たり、更に本年六月以降は、判事となり、最高裁判所調査官として刑事裁判の実務に当たり、その傍ら数年来、母校慶応義塾大学法学部で刑事訴訟法の講義を担当しておられるが、刑事裁判に関する経験と、刑事訴訟法に関する学識とを有する新進の法律家である。新刑事訴訟法の制定公布せらるるや、『新刑事訴訟法要綱』という一書を公にされたが、更に研究を続けられた結果、刑事訴訟規則をも総合して書かれたのが本書である。

その稿本を一読するに、綱を掲げ、目を張りて、その組織と機構とを解説し、刑事訴訟法及び刑事訴訟規則の精神と趣旨とを発揮するにおいて略々《ほぼほぼ》遺憾なきに近い。行文の質実、平易にして、明確なのは最も欣《よろこ》ぶに足りる。就中母法というべきアメリカ法の関係部分の考証は、最初の試みともいうべく、判例通達等の精密な引用とともに著者の苦心の跡を見るに足る。

私は、青柳君が更に研究を続け、更に経験を重ね、他日大成せられんことを期待すると共に、本書によって、刑事訴訟法と刑事訴訟規則の精神と趣旨とが伝えられ、その研究と運用に資するところ大なるべきをよろこぶが故に、敢えて筆を執って一文を草し、本書の序とする。

昭和二十四年十一月三日東京牛込の書斎にて

池田 潔『自由と規律』

私は近ごろこのような快い書物をめったに読んだことがない。読み始めて息もつかずに一気に読み了《お》えた。本書には英国パブリック・スクールの性格とその生活が如実に描かれてある。遍《あまね》く薦めるに足る良書と思う。

英国人は基本的自由を尊重すること無類である。その反面、規律を厳守することもまた無類である。規律を伴わぬ自由は真の自由でなく、自由を伴わぬ規律は真の規律ではない。パブリック・スクールは烈《はげ》しくまた厳しく、自由と規律のしつけをする。少年達の骨身にこたえるほど訓練する。本書の表題の示す通り、本書はこの自由と規律の訓練を詳細、的確に叙述する。

英国人は伝統を尊重する。保守的性格は彼等の国民性である。しかし伝統の維持が弊害を伴うことを自覚すると、彼等は決然としてその執着を断ち切るだけの良識と勇気とを持っている。この良識と勇気とはパブリック・スクールで養われる。

英国人の忠誠心（ロイヤリティー）は熱烈である。国王に対する忠誠心、国旗、国歌に対する忠誠心、家族、宗教、学校、団体その他に対する忠誠心は、彼等の誇るに値する特質である。これもまたパブリック・スクールの育成するところである。

英国人ほどスポーツを愛好する国民はあるまい。その生活にはスポーツがとけこんでいる。彼等はスポーツを通して人生を見、これを通して哲学を持っている。自分の利害や、肉体の苦痛を犠牲にして、自分の属するチーム全体に奉仕することが、スポーツの精神であって、勝っておごらず、負けて悪びれず、敵を重んじ、いやしくも不当の事情によって得た有利な立場に拠《よ》って、勝負を争うことを潔しとしないのが、彼等のいわゆるスポーツマンシップである。ひきょうな振舞い、恥ずべき挙動は、彼等のダカツの如く忌みきらうところである。この精神もまた、パブリック・スクールで骨身に徹するほどきびしくしつけられるところである。

英国人の指導者達は従来ほとんどパブリック・スクールで、このきびしい鍛錬を受けて来た。しかしこの学校は徒《いたずら》に厳酷なばかりではない。鍛錬としつけには、秋霜のようなきびしさがあっても、師弟の間の情義には、春風のような温かさがある。いうにいわれぬ情愛がこもる。さればこそ、その出身者は、自分の子供を出身校のパブリック・スクールへ入学させる。祖父も、父も、自分も、子も、孫も、親子代々、イートン、ハロー、リースその他のそれぞれのパブリック・スクールで学ぶのが、英国人の習俗である。子供が生まれると、何はおいても、まずパブリック・スクールへ行って子供の名を登録する。その子供が一定の年齢に達すると、その学校へ入学する。それだけ学校に深い愛着を感じているのである。

ウェリントンが、ウォータールーの戦勝はイートン校の教育のおかげであると言ったことは名高い話である。パブリック・スクールこそ何世紀かの長きにわたって、英国の指導者達を育成し来たった学校である。しかしその学校がどんな学校であるか、その教育がどんな教育であるかは、我が国では必ずしも余りよく知られていなかった。

今から二十八年前に、天皇陛下は同盟国の皇太子として、英国を御訪問になって、英国民の非常な歓迎をお受けになったことがある。その際ある一日、陛下はリース校を御参観になった。全校を挙げて御歓迎申し上げた中に、息をはずませ、ほほを紅にし、思いを尽くして、お迎え申し上げた一人の日本人の生徒があった。それが即ち本書の著者池田潔君その人である。

池田君は少年のとき、英国に渡り、リース校に入学し、三年の間、その厳酷な訓練と、懇篤《こんとく》な薫陶を受け、卒業後、実にケンブリッジ大学で五年の課程を履《ふ》んだ人で、帰朝後慶応義塾大学の教師となり、今日文学部の教授を勤めている。自らの体験と、自らの見聞によって、パブリック・スクールそのものと、その生活を、活き活きと描いて見せてくれる。リース校の面目が紙表に躍り出る。リース校の生徒が眼前にホウフツする。

英国および英国人は偉大な国家であり、偉大な国民である。その良知、その良識、その気迫、その勇気、その道義、その忠誠、鉄のような意志と、牛のような力とは、われわれの学ぶべき多くの特徴を持っている。これを学ぶには、まずパブリック・スクールの性格と、その教育の実際を極めるのが早道であり、順序である。

池田君の本書はこれらの需《もと》めに適切に応えてくれる。数多くの小話は無限の愛着を覚えしめ、全編にみなぎるユーモアは絶えず微笑を催させる。行文の健康で、しかも流麗、明快で、しかも多彩なことも、またすこぶる敬服に値する。私は敢えてこの良書を遍く世人に推薦する。

（昭和二十四年十二月）

穂積重遠『私たちの民法』

民法は身分の法であり、財産の法であり、日常生活の法であり、社会生活の法である。われわれの生命、身体、自由、名誉、財産に対する権利は、民法によって初めて確保せられる。民法は誰しも一通り心得て置かねばならぬ常識である。世間万人の民法に慣れ、民法に熟することが、やがてわれわれの社会生活の平安を維持する所以《ゆえん》である。民法は決して法律家にのみ託して置いて事足りる法律ではない。

新憲法の実施せられるに当たり、憲法の原則に反し、世界の通義に背く民法の規定は、当然改正の必要を生じた。この必要に応じて制定実施せられたのが、新しい民法である。新しい民法によって日常生活、社会生活上の多くの旧習は一新せられ、幾多の旧弊は一洗せられた。われわれの日常生活、社会生活は自らその面目を改めねばならなくなった。民法を知ることが更に重要に、更に必要になったのである。

併《しか》し民法の組織は複雑であり、民法の機構は微妙である。民法には遠い背景と、深い根底とが無際限につながる。むずかしい技巧と、専門的の約束とが縦横にからみつく。法律家ならぬ人々に、これを理解せしめるのは容易ではない。

私は穂積博士の『私たちの民法』を手にして、まず怪しみ疑った。百頁ばかりの小冊子で、民法のような大法典の組織と、機構とを、どうして解説出来るだろうか。殆《ほとん》ど不可能事ではないか。穂積博士は無謀なことを企てられたものだと。ところが一読して更に驚いた。民法の組織と機構とが、巧みに、明快に説いてあるばかりでなく、民法の精神が、実に見事に、活き活きと伝えられている。私らには無謀と見えた事も、穂積博士には、無謀でも何でもなかったのである。

難解な法律の専門書が、むずかしい漢文調から、平明な口語体に変わったのは、穂積博士の『民法総論』が、最初であったと思う。あらゆる法律書が口語体となり、法典さえも口語体になったのは、穂積博士の首唱し、尽力せられた御陰《おかげ》だと、私は思う。

難解な法律をやさしく説き、むずかしい理論を、解《わか》り易く説き、それで高い学問の眼界と、遠い識見の視野とを、平易明快な文章に、表現し得る技倆《ぎりよう》を有する人は、今の代に博士を措《お》いて他にあるまい。博士が自ら筆を執って『私たちの民法』のような、平易にして簡明な解説を書かれたことに対して、私は限りなき感謝の意を表する。民法知識の普及が今日の急務であるこの際に、本書のような良解説を迎え得たことを慶幸とするからである。

法律は道徳の最小限であると謂《い》われている。法律が、道徳から分離した今日、法律と道徳とは、別異な規範であることは勿論である。併し道徳を無視して法律を説くことは出来ぬ。博士は、民法を説くに、常に道徳人情に関連して、その解明の筆を進められる。私の敬服するところである。

博士は新しい民法の三大原則として、社会福祉の原則、信義誠実の原則、個人尊厳の原則を挙げられる。そして「元来、個人が社会を作り、社会が個人を作る。個人尊厳を徹底すれば社会福祉であり、社会福祉を還元すれば個人尊厳であります。そして信義誠実の原則は道徳と法律との握手を象徴します。すなわち昭和民法は正に個人本位と社会本位と、そして道徳と、法律との、帰一合致を目指すものであります。」と謂《い》われる。卓見であると思う。

更に穂積博士は、民法の根本精神を理解して、「制度を生活」にすることを説かれる。民法はわれわれの生活そのものに融けこんで、生活そのものになりきらねばならぬ。民法と生活とが一体にならねばならぬ。

願わくは本書によって、民法知識が普及し、民法の根本精神が理解せられ、日常生活の面目が改まり、社会生活の平安が維持せられ、そして穂積博士の謂われるように、「民法の定めた制度が、世間の人々の生活になる」に至らんことを。

（昭和二十三年十二月）

『黄金の花』序

判事ボーエン卿が判事となる前、弁護士として既に名声を博していた頃のこと、後に米国近代の大判事になったオリバー・ウエンデル・ホームズに話して謂《い》うには、「弁護士として成功するには、忍耐と才能がなければならぬ。併《しか》し忍耐と才能とがあるだけでは足らぬ。その上に更に好運にめぐまれなければならぬ。好運と云うものは、兎角《とかく》、忍耐と才能のあるところへ来るものだ。」と。

この事はホームズの文集の中に見えている。これはひとり弁護士だけのことではあるまい。どんな業務でも、忍耐と才能がなければ、成功することは覚束《おぼつか》ない。その上に好運にめぐまれなければならぬことも当然のようである。東洋流の考え方に依《よ》ると、好運にめぐまれると云う為には、その人に徳がなければならぬことになる。徳のない人のところへは好運は決して来ない。好運にめぐまれるのは必ず徳のある人である。

大浦萬吉翁《おう》は有徳の人である。桑名屋の昔から、日本製油株式会社の今日に至る迄《まで》、数十年の久しきに亙《わた》り、一意専心、製油業に精進せられた。幾多の波瀾《はらん》を乗り越え、限りなき艱険《かんけん》をものともせず、屈せず撓《たゆ》まず、鋭意、斯業《しぎょう》の発達に経営苦心せられた。翁《おきな》の八十年の生涯は具《つぶさ》にこの事を物語って余りある。忍耐と才能の発揮以外の何物でもない。啻《ただ》に忍耐と才能とに由《よ》るばかりではない。今日の成功をかち得られたのは、翁が徳の人であったが為に、好運にめぐまれるに至ったのである。

我が国で苟《いやしく》も製油業を談ずる人にして、桑名屋を知らぬ人はなく、桑名屋を知る人にして、大浦翁の存在を識《し》らぬ人はあるまい。日本植物油の発達については、忘れてはならぬ恩人である。有徳の人にあらざれば、決して此の如きを得ない。

翁は謙譲の美徳に富み、情誼《じょうぎ》に厚く、自ら奉ずること薄く、人を待つこと厚く、雪の如き潔白な性行には、翁を知る程の人の、何人も頭を垂れるところである。有徳の人にあらざれば決して此の如きを得ない。

翁の主家池永氏が、明治四十年、財界不況の結果破綻に瀕したとき、翁は身を粉にして整理に努め、骨を削る苦辛を以て、その善後の策を講じ、池永家をして、今日あるに至らしめたことの如きは、今に、人々の嘆賞して措《お》かざるところにして、隅々以て翁の性行を知るに足る。有徳の人にあらざれば決して此の如きを得ない。

翁は四十五年前、桑名屋商店経営中、その悤忙《そうぼう》にして寸暇なき激務の間に、諸方に資料を探訪して、日本植物油沿革史を著し、兼ねて貴重なる各種統計を蒐集《しゅう》して、明治元年以降の植物油の生産、貿易ならびに相場の詳細を明らかにし、『黄金の花』と題して刊行せられた。此の書はひとり斯業の指針となったのみならず、日本経済史学に貢献すること多大にして、学徒の等しく恩恵を受くるところである。苟も本邦製油業史を研究せんとするものは、翁の『黄金の花』を津梁《しんりょう》とせざるを得ない。此の如きもまた、決して普通実業人の能《よ》く為し得るところに非《あら》ずして、有徳の翁にして初めて為し得るところである。翁の眼界の高く、視野の広きには、洵《まこと》に敬服に堪えぬ。

翁の令息大浦卯市君は、私の二十年来の友人である。深沈にして思慮あり、情誼に厚く、謙譲の徳に富み、その潔白な性行は、翁そのままのように思われる。卯市君の天性の然《しか》らしめるところであろうか。そもそも翁の庭訓の然らしめるところであろうか。結局翁の有徳の致すところに外あるまい。積善の家に余慶あり、大浦家の清福は、翁の有徳を余所《よそ》にしては到底これを理解し得ない。

翁の著述『黄金の花』が貴重なる文献として諸方に要望せられ、稀覯《きこう》書として人々に珍重せられ、その再刊を求める声の昂《たか》まったが為に、翁は先年、その増補改訂を計り、三年の日子《にっし》を重ねて、これを完成し、昭和十九年一月刊行せられた。併し再刊本もまた諸方の要望に応じきれず、間もなく、容易に手にするを得ざる稀覯書となってしまった。是《これ》に於いて翁は、此の現下、用紙の欠乏し、出版の困難なる際にも拘わらず、三度び、これが刊行を決意せられた。そしてその序文を余に需《もと》められた。余は此の貴重なる文献、此の稀覯書の刊行が、斯業の発達と、経済史学の研究に、多大の貢献を為すべき有益有用なる事業にして、不朽の盛事と謂うべく、大浦翁の名声を後世に伝うる所以なるを信じ、欣然《きんぜん》としてこれを快諾し、茲《ここ》に拙文をつづりて、本書の序とする。

願わくば、有徳の君子たる大浦萬吉翁の寿康を保たれんことを。大浦家に好運の降下し、清福の満ちわたらんことを、そしてその製油業の益々発展進歩せんことを。

昭和二十二年九月七日　小田原の小廬に於いて

長谷川如是閑著作集へ寄せる言葉

『額の男』や、「日本及日本人」に載せられた『沓《くつ》したの穴』以来、私は久しい長谷川翁の愛読者の一人で、論文でも、小説でも、随筆でも、大抵のものは読んだつもりでいる。該博な翁の知識と、卓抜な翁の識見と、そしてそれを貫く透徹せる翁の論理とには、いつでも敬服して、その都度、何等かの示唆を受けるのを、ありがたく思っていた。翁の著作は私にとってほんとうに心の糧であった。私は翁の『現代国家批判』を読んだとき、その法律知識は正しく、その法律論理は確かで、素人のような誤謬《ごびゅう》や、危なかしさのないのに驚いたことがあった。翁は、或るとき私に、若いとき法律が好きで、英吉利《イギリス》法律学校に通って、正式に法律学を勉強した。一時は法律家になろうかとさえ思った、と話されたので、その偶然ならぬを感じたことがあった。若《も》し翁が法律家になって居《お》られたら、日本の法律学は如何に展開し、日本の法律技術は如何に面目を変えたろうかと想像して、私は微笑を禁じ得ぬことがある。

私の書架には、翁の著作は概《おおむ》ね網羅してあった。私は随時取り出して、閲覧し、常に心の糧となしていた。その一切を挙げて烏有《うゆう》に帰した今日、翁の著作を手にすることの出来なくなったのには、謂いがたい寂しさと、心細さを感じている。愛読の書物を喪《うしな》ったほど、寂しく、心細く思われることはあるまい。

長谷川翁の言葉に「悉《ことごと》く書を信ぜざれば書あるに若《し》かず」と云うのがある。書物はあるに越したことはないが、愛読の書は常に座右にないと困る。「若かず」どころではない。

今度翁の著作の刊行を聞いて、よろこんだのは、ひとり私のみではあるまい。併し私はその最もよろこんだものの一人ではあろう。翁の著作を座右に備えて、随時これを手にし得る楽しさは、何ものにも代えがたい。心の糧を満喫し得るありがたさを想像して、私はその刊行の一日も早からんことを希望する。

片談 一

――久米、西塚両婦人弁護士執筆訪問記節録――

「雑誌に書く様な面白い話は出来ないが」と云いつつ、向かいのアームチェアにどかりと腰をおろされるや静かに長官の口から流れ出た話。

「私はね、芸人や名人の芸道の本を読むのが好きでしてね。三味線弾きにしても、人形つかいにしても、芸人の修業苦心というものは、筆や口に、到底はっきりと現せるものではあるまい。その神髄は冷暖自知で、自ら経験した者でなければ会得出来るものではない。しかし彼等の鍛錬、修業、苦心、工夫の話を書物で読むと、本当の事は分からぬまでも、その精神の幾分かが彷彿として解《わか》るような気がする。そして芸人の芸に対して敬意を感ずるようになる。三味線弾きが夏の頃、芸に精進する時は、汗がふとんや畳に通らぬようにと、油紙を敷いてその上に座る。猛練習の後で、その油紙を縁に持って行ってかたむけると、溜《た》まった汗がザァ〳〵と流れ落ちるということだ。我々はこの事実から、その練習が如何に激しく、また一心不乱なものであるかという事と、その熱情的な精進の精神とを感じ得る。ただ鍛錬をするだけではなく、更に更に苦心と工夫を重ね、骨を刻み肉を削る思いで、精進するのである。刀鍛冶にしろ、大工にしろ、剣術つかいにしろ、名人、達人となるには、皆これほどの苦心と、鍛錬が必要なのだ。そしてそのうちに、自ら芸の神髄に触れるのだ。それは命がけの修業である。」

　長官の芸道に関する話は更に淡々と続く。七分白の頭髪の下に細面の古風な印象を与える顔立ち、初めにとり出された煙草を、火をつけるでもなく指にはさんだ両手を前に組み合わせ、目をつむったまま、名人の芸を語る長官。その風貌と、静かなうちに何かしら熱を帯びたその調子は聞く者に長官自身、自ら芸道を語る名人その人だという感を与える。

「この芸道に精進する精神は役人や裁判官でも同様であると思う。役人の苦心談は世の中に公にされていないから、芸道の苦心程には、世間には分かっては居まい。よい裁判をする立派な裁判官になろうとするには、この苦心と工夫、修行と鍛錬がどうしても必要なのだ。勉強をすると云っても、ただ時間を潰して本を読むだけでは足りない。その勉強には、苦心と工夫の精神、鍛錬精進の精神が伴っていなければならない。他人から教わり得ない、書物では学び得ないことを、自得する為に、命がけで修行するという気持ちで勉強し、努力してこそ、初めて名判官になれるのだ。自分はお恥ずかしいがその段階に達せずして、遂に今日に至ったが。」

長官はつぶった目を静かに開く。窓外ではきびしい残暑の木蔭《こかげ》に蝉がヂー〱と鳴く。

「アメリカのホームズ判事が、法律家の歩む道は、ばらの花の咲いている花やかな道ではない。狂乱怒濤の荒れ狂う真っ只中《ただ》へただ一人ボートで乗り出して行く様なものだ。自分自身の腕に信頼して、漕いで漕いで漕ぎまくるだけで、決して他人の助力をあてには出来ぬ。法律家と謂《い》うものは孤独なものだと云う意味のことを述べたのを昔読んだ事があるが、まことにその通りであると感じ、今も記憶して居る。裁判官の仕事は自己の良心と、自己の判断のみを唯一の頼りとする孤独の道である。そして如何なる場合にも、節操を屈せぬ決心と、その決心を遂行するための鍛錬と修行が必要だ。芸人が芸道に精進する様な精神をもって、法律家が法律家の道を歩めば立派な法律家が出来るのではなかろうか。そして裁判官や弁護士の信用と地位は高まる。凡《およ》そ学問は一つの修行なのだ。書物をよけい読むだけが学問ではない。何時《いつ》完成するかあてのない道ではあるが、一生をかける値のある大きな仕事である。」

長官は静かに言葉をきられた。私は名人の生活体験から生まれた人生観を名人自身の口から語られるのをきいている様な氏の所謂《いわゆる》言葉の表面の奥にひそむ何等かのものを把握し得たよろこびを感じた。

形の如く「御趣味は」とたずねてみる。

「全く無芸だ。しいて云えば法律書以外の読書、尤《もつと》も蔵書は全部空襲で失ったが……。それでも知人友人が、自分の好きな本を知っていて恵与して下さる。近頃、易の本をしきりに読んでいるが非常に面白い。易では自然界の現象が常に変化する如く人事もまた変化すると云うのだ。なかなか興味があるものだと思う。また最近、島崎藤村の小説『夜明け前』を読んだが、これは小説としても面白い上に、史実になかなか忠実で感心した。」

「長官の御経歴は御就任の際、新聞紙上で簡単に拝見しましたが、先生の御口からもう一度。」

「私は明治三十八年京都の大学を出た。恰《あたか》も日露戦争当時であった。何をしたいと云う気持ちもない。東京へ出て来て、当時司法次官をして居った石渡敏一先生のところの食客になった。日比谷の焼きうち事件を面白がって見物に行ったりして遊んで居ったが、先生に遊んでいても仕方があるまいと勧められて、その年の十二月に、司法官試補に世話して貰って、裁判所へ入った。時に月給三十五円。爾来《じらい》二十年間判事をして居った。

大正十四年日本に英米式の信託制度が出来た。信託制度は日本には全く新しい制度で、これが運用を誤れば、信託というものは、やがて総《すべ》て脱法行為となる虞《おそれ》がある。そこで民間に新しく出来る信託会社に、法律の専門家をいれて指導させ、信託制度に正道を歩ませたい。こういう希望をもって、弁護士原嘉道氏が私に是非、三井信託に入る様にと勧められた。原嘉道氏とは判事、弁護士として法廷で相対する以外に、何の交渉もなかったが、私は氏の希望と勧めに応じて三井信託に入り、昭和十五年までそこに居った。三井在職中に民間の多くの人を識《し》り、種々なケースにぶつかったわけだ。以来浪人人生をして此度《こたび》長官に就任した。」

「そして私は今云った判事、それから三井信託の顧問という職の傍ら、三十年間、慶応義塾大学で法律の講義をして居った。私は自分の限界が低く、視野の狭い事を常に感じて居ったので、慶応義塾では、鎌田塾長をはじめ多くの先生達のお話を聞くのを楽しみにしていた。慶応義塾の諸先生との交誼によって私の知見はどれほど広められたかわからない。慶応義塾との関係は、自分の一生にとって、大きな意味があったと思っている。最近小泉前塾長を見舞った際も自分のこの気持ちをお伝えした次第だ。」

（昭和二十二年十月）

談片 二

――三船久蔵氏（講道館柔道十段）との対談節録――

三船　三淵先生、裁判所は人生の縮図だとも申しておりますが、いろいろなことがございましょうな。

三淵　裁判官というものは人間の世の中の事を相手にして毎日仕事をするのだから、人間のことと世の中のことをよく承知しなければいけない。法律のことばかりやっておったのでは、やはり見解が浅くなり、視野が狭くなり、いい裁判ができない。とかく裁判官というものは引っ込み思案で、人間のことも世間のことも知らないで裁判をするというきらいがある。これからの裁判官というものは、よく世間を見、人間のことを知るように努めなければならないと考えております。

私自身も若くして裁判官をやり、ほとんど無我夢中で仕事をして来ただけの話です。しかしながら自分の職業というものに喜びと楽しみとを感じてずっとやって来ました。これを感じない人は何年やっても上達する見込みはないと思う。やはりどんな職業でも、どんな仕事でも魂を打ち込んで一所懸命に鍛錬し、一所懸命に稽古していかなければならぬものだと思うのです。

アメリカで人々の敬愛の的になったホームズ判事の言葉に、どんな職業でもその間に高下貴賤の別はない。どんな職業でも同じものだ。ただその職業に従事する人が、自分の職業を深く掘り下げれば掘り下げるほどその職業が光り輝く立派な職業になる。浅ければ浅いほどその人の職業というものがくだらない職業になるという言葉がありますが、私はその通りだと思う。やはりすべての人が自分の従事する職業なり、仕事なりを、一所懸命になって掘り下げていかなければ、とうてい上達をし、立派な人にはなれないと思う。

世間には自分の勤めに対していろいろの不平をもち、不満をもって、始終文句ばかり言っている人があるけれども、そういう人は決して上達しない。自分の仕事に喜びと楽しみを感じ、その仕事に対する責任をよくよく自覚して一所懸命にやらなければ、とうてい一人前の職業人にはなれまいと思います。私自身も裁判官となったことを一生の幸福だと思っております。裁判には世間の事柄がことごとく鏡に写すように映ってきます。近頃のような険悪な世相になってくると、その険悪な世相が裁判へ現れてくる。その中には悲惨なこともあり、遺憾なこともあり、いろいろなことがありますが、これによって世の中の事、人間の事、いろいろな葛藤のあることを知ることができる。そうして自分自身の今までの考え方が間違っておったということを自覚することもしばしばあります。

私はこれから先も一所懸命になって裁判のことをやりたいと考えています。しかし齢すでに六十九歳、いささか日暮れて道遠しの感があって、どれだけやったらば一人前の裁判官になれるか大いに懸念しているわけなんですが、できるだけのことはやりたいと考えています。

三船　昔は、学問の修業にしてもきびしかった。法律の書生などは、一種独特の気概を持っていましたね。

三淵　私は若くして親父が死に、母が死に、一人者になって、東京で石渡敏一という人の書生をしたのです。この石渡敏一先生は、その当時司法省の役人でした。後には司法次官になり、西園寺内閣の書記官長になり、枢密顧問官になりました。その人の長男が前に大蔵大臣をやった石渡荘太郎さんです。

敏一先生が司法省の役人で、私がその書生をしているころ、西本願寺が監獄の教誨師《きょうかいし》というものを一手に承って出しておった。そこで教誨師の講習会というようなものを西本願寺が開いたことがあります。

そのときに、石渡敏一先生は監獄の方のことも詳しい人で、殊《こと》にヨーロッパを廻って監獄のことを見て来たものだから、頼まれて講習会で一度話されたわけです。すると先生が留守の間に、西本願寺から、講習会のお礼だと言って花田凌雲という人が来て、金一封を置いていった。やがて役所から石渡先生が帰って来られ、監獄の講演をするのは自分が監獄のことを知っているから講演をするので、むしろ自分の方から進んで講演をしたいくらいなんだ。頼まれてやったからといって、お礼をもらうはずはない。このお礼を返してきてくれというわけです。私は築地の西本願寺へ行って、京都から来ている花田さんにお目にかかりたいと申しましたら、浜町の宿屋に泊まっているからというのでそちらへ行った。そうしたら花田さんは京都へお帰りになりましたという。その旨、先生に報告すると、それじゃ手数だけれど、もう一ぺん西本願寺へ行って花田さんの住所を聴いて為替で送り返してくれというんです。ずいぶん厄介なことだと思ったけれども、それを為替で送り返しました。そこで私は、役人というものは、こういうふうにしなければならぬものだと、つくづく感じた次第です。明治時代の役人には、そういった人が相当に多かったと思います。ところが近頃になってみると、役人が賄賂をとって縛られたり、相当の大官が多額の金品をもらったり、どうも役人道というものが、昔と今と非常に変わってきたということをつくづく感ずるですね。まことに困ったものですよ。

あれはもう少し何とかちゃんとしてもらいたいと思いますね。

今でも私は石渡先生の教えを有難く感謝している。人間というものは、決して利欲のために動いちゃならぬものだということを、しみじみと先生に教えられた次第です。やはり人間は美しく、長く生きなくてはならないと思いますね。

三船　いま三淵先生から、美しく長くというお話がございましたが、全く同感です。同じ長くということについても、床の中ばかりに入って、ただ時間的生命だけをもってみたところでしょうがない。やはり死ぬまで活躍して、その活動した時間が非常に効果があり、社会に貢献すれば、それが長いといえるわけですね。

そういう方面からもいろいろ研究してみたいと思っております。研究は進歩ですし、ただ昔のままだったら退歩です。文化がだんだん進んでゆくのですから、いつも同じところにばかりいれば退歩です。いま三淵先生から、自分の職業を楽しみ、自分の職業に満足するというお話がありましたが、今すでに最高のところまでおいでになって、なおかつこれから楽しみと満足を得べく大いに研究しなくちゃならぬというような御精進のお話、全く手本にしなくてはならぬと思います。私共にしてもそうなんです。道というものを実に楽しく、偉大な矜《ほこ》りと満足をもってやってゆかなければならない。それでなくちゃ進歩は望めないと思っております。

三淵　やはり人間というものは進歩しなければ、必ず退歩することにきまっておりますからね。どこまでいってもこれでよいと言うことはない、無限に進まなければならぬはずのものですからね。だからどうしたって日々がやはり修行ですよ。

三船　その修行にしても、私共の場合必ずしも自分よりも強い人に向かってのみ稽古してもらわなければ進歩にならぬというものじゃないんです。自分より下手の者でも、今日は七つの力でもってやった。明日は同じ者を五の力でやり、その次は三の力、二の力でやるというように、最低限度の力を用いて相手をするというようなことを心掛けてやれば、進歩する。その意味で下の者もよい先生ですよ。

三淵　なるほど、それはそうでしょうね。

記者　先ほど三淵先生からちょっと現在の官僚についてお話が出たのでございますが、特に社会相、世相について感じておられますことを。

三淵　今の世相はまことに険悪で、日本でもこんなに道義が落ちた時代は従来なかったであろうと思います。あらゆる留置場、刑務所は超満員の形で、もう収容する余力もないくらい繁昌しています。そうして泥棒は頻々《ひんぴん》として起こり、収賄、瀆職《とくしょく》は日常茶飯のごとく行われる。どうもこれは困ったことで、日本の将来はどうなるかと心配する人がずいぶんあるのですが、私はこう思う。戦争に負けたあとはどこの国でもこうなんだから、日本ばかりの現象ではない。今度の戦争は大きかっただけに、これが立ち直りに時を要する。現今のように犯罪が多く、道義が頽廃しているといったようなことも、立ち直る途中の現象であって、いつまでもこうではない。やがて立ち直るに違いない。また立ち直らなければならないはずのものだ。だからそれほど悲観する必要はない。やはり希望を明日にかけて、お互いが前進に前進をしていく以外に方法はあるまいと思う。それがためには、やはり自分みずからが従事する仕事に精励し熱心にこれを振興せしめるよりほかに道はない。各職域において日本人全体がほんとうに真剣になって働きさえすれば、日本の立ち直りは容易であろうと思う、私はこういうことを考えているのです。

三船　私もそれを痛切に感じます。先《ま》ずもって自分の仕事に没頭することですな。

三淵　私は前から『易経』を読んでいますが、これに未済という卦《け》がある。これに「小狐ほとんど渡らんとして、その尾をぬらす、よろしきところなし」という言葉が繋《か》けてある。それは、狐というものは首の方は小さくて尻の方は非常に大きなものだ。殊《こと》に尻尾というものは豊大なものである。それで狐が川を渡るには尻尾を背中に立てて渡らなければいけない。狐が尻尾をぬらすとブク〳〵沈んで渡れなくなってしまうというのです。老成な狐が川を渡るときには、注意して渡るから、尻尾をぬらして川を渡れなくなるようなことはないが、小さな狐は不注意で、不謹慎であるがために、渡りかけてほとんど向こう岸に着きそうになって、そこで尻尾をぬらしてブク〳〵となってしまう。
狐が川を渡るのも人間が世の中を渡るのも同じことだろうと思う。老成な人間ならば尻尾をぬらさないように用心し、注意し、慎んで世渡りをするから、怪我がないはずのものである。ところが近頃の世相をみると、若い経験のない人ばかりでなく、相当に老成な人が尻尾をぬらして、途中でブク〳〵になったり、捕まったりすることが新聞にもしばしば現われている。やはり日本人は、これから大事なときなんだから、お互いに尻尾をぬらさないように、世渡りをするにも用心をして、法律にふれたり、犯罪を犯したりしないように深く慎んでやっていきたいものだと思います。

三船　社会道徳や遵法精神は大いに涵養する必要がありますね。

三淵　一体、法というものは、元来人が二人、三人集まれば必ずそこには一つの社会ができる。社会ができればそこに一つのルールというものができなければならぬはずのものである。将棋を指せば、将棋にもおのずから法則があって、飛車は斜めに通れないとか、桂馬は真っすぐには進めないとかいったような規則があって、初めて将棋が成り立つのです。野球をするにも、テニスをするにも、ああいうことでさえも規則はおのずからあるわけです。いわんや大勢の人が集まって社会をつくって生きていくには、お互いにしなければならぬこと、してはならぬことの規則をきめなければ、世間というものはうまくいかないに違いない。世間をうまくやっていくために、いろいろな規則ができ、いろいろな法律ができる。これらはみなやむを得ざるに出来た法律なんだから、やはり法律どおりに生活していかないというと、とかく間違いがおこり、世の中がうまくいかない。少しぐらい窮屈でも、辛抱してこれに従わなければならない。その代わり無茶な法律をつくらないように用心しなければならぬ。法律をつくるのは国会だから、国民の選良たる人達はよくない法律はなるべくつくらないようにして、いい法律をつくるように心掛けてもらわなければならない。

今後の日本は民主的になり、すべての事柄が欧米と同じように、世界の通則に従ってやっていかなければならぬことになったから、やはり世界の人々がいいと思う方向へ、日本もいかなければいけない。しかし元来、日本には相当な文化があったのだから、これが戦争に敗けたからといったって亡びるはずはないんで、日本人はやはりどの方面においても頭をもち上げていくように努力しなければならないと思う。

三船　私はさっきからお話を承っておりまして、先生のお考えが私の普段から考えていることと一致しているということをうれしく思いました。それはいつまで経っても無限に力を現わしていくということです。私は柔道これ無限大なりと言っております。あなたのお話を聴いて、最善を尽くして、もう終わりと思ってはだめだということをつくづく思います。

昔から「人事を尽くして天命を待つ」ということが言われている。しかし、諦めるということは、もう終わりですから、諦めたらだめなんです。今、日本人は最もあなたの言われる無限の力を現さなければならない時期ですよ。全力を尽くして終わりと思うべからずで、どこまでも無限に力を現していくということでなければ日本の再建はできない。そういう意味で私も老骨に鞭うって大いにやりたいと思っています。

三淵 至極御同感ですな。お互いに大いにやりましょう。

（昭和二十四年一月）

談片 三

——佐々木惣一（法学者・法学博士）・三淵忠彦・長谷川如是閑（ジャーナリスト・評論家・作家・思想家）鼎談——

三淵 よう、御機嫌よう。

佐々木 御無沙汰しちゃって……。どうかね仕事の方は。
三淵 どうも雑事俗務ばかりでね。
佐々木 憲法問題なんかに関するものは多いかね。
三淵 出てくるけれども、その憲法問題たるや、くだらんものでね、なんでもかんでも憲法違反だといってくる。
佐々木 はあ? どんなことだね。
三淵 例えば泥棒して懲役十カ月になった。ところが、働き手が十カ月いないと、妻子が食うに困る。憲法では健康なる生活を保障しているから、これを懲役に付するのは憲法違反だ、というようなことをいうんだ。
佐々木 やっぱり弁護士がついていていうわけだね。
三淵 そう。自分が頼めなければ官選弁護士がついてる。そんなことでも憲法違反だといってくれれば、やっぱり大法廷を開かなければならないから、毎週開いてます。
佐々木 裁判官諸公もえらいことだ。
三淵 みんな弱ってる。
佐々木 司法官試験はやるんですか。
三淵 やるんだけれども、裁判所でやるか、法務庁がやるか、まだ決まってない。

佐々木　行政科の方は試験がなくなったらしいね。試験というものも、やらなければいかんもんだろうけど、試験の方法はよほど問題だね。試験委員の人柄を選ばぬとね。とにかく自分の説に従わんといけん、というような考え方のものはいけんナ。誰の説をとってもよろしい、それがどの程度まで達しておるか、ということを見る人を委員にせんとね。ところが、学校の試験は違う。あれは自分の講義を聴いたものを試すんだから、初めから自分の説が参考されてないといけんナ。国家試験の場合はそうでなく、広く明朗に考えないといけん。

三淵　偏狭であってはいけないね。

佐々木　しかし人を得ることがむつかしいね。今までは官立大学の教授であればええとか、博士であればええとか、そういうことに標準をおいていたらしいが、その点はよほど考えてみないと、学問上の見解を誤らすのみならず青年の人格を誤らすナ。試験官の顔色を見ていうようになる。その証拠には、大学の学生や卒業生が、今年はだれが試験官だということを、おかしいほど気にするからね。

三淵　困ったことだ。

佐々木　ああいうことから直さんとね。

三淵　これは学校の試験だけれども、われわれが試験を受けたときに、勝本先生が、ぼくが講釈した通りのことを書いた答案は、ぼくとしては落第点をつけたいのだが勉強したという点で六十点はやる、しかし六十点以上を取りたいと思うならば、ぼくの説をぶち破るようなことを書かなければいけない、といってたナ。

佐々木　ぼくは学校の試験の場合は、自分の学説を少なくとも一応は考慮していることを要求するんだ。それ以上は要求しない。

三淵　理解すればいいんだね。

佐々木　そう。理解なんだ。国家試験はそうじゃないナ。人の顔色を見ていうようになっちゃ困る。それがネ、頭の悪いボンクラなものにあるんじゃなくて、秀才と称せられるものに往々にしてあるんだ。

三淵　これは弊害だね。勢いのいい方へくっつこうということになる。

佐々木　そうです。これをどうかせんとなァ……。

三淵　どうも日本ではむかしから「長いものには巻かれろ」といって、時の権力階級に迎合するような傾きがあった。試験の場合は試験委員に迎合して、委員の気に入るようにいおうと思うものがあるだろうね、きっとあるナ。

佐々木　それはしかし、そういう受験生だけをとがめることはできないと思う。ええことではないが、人間の弱点として一応ゆるしてもええ。受験生を責めるよりも試験委員、結局試験の制度に責任があるわけだ。

三淵　最近のことは知らんけれども、今まではそういうこともあったろうね。

佐々木　初めは必ず二人で答案を見とったけど、今は試験官も多くなって、みんなが答案を見るわけにもいかん。それでは公平なということはいえんわけだ。同一の問題について同一の試験官が調べるのじゃないからね。

三淵　むつかしいね。答案が多いと、少ない人じゃ見られないしね。

佐々木　そう。第一、片手間で試験なんかできるもんじゃないね。試験なんかなしにゆけるのが一番いいんだけれども。

三淵　いろいろとむつかしいことが多いね。

佐々木　むつかしいといえば、天皇の立場ということもそう思うね。——天皇のことと、私どものような者と一緒にして考えることはヘンだけれども、およそ公の地位ということを考えると、それがわかるナ。公の地位には自分の心ではないがその地位にある、ということがあるだろう。少なくとも東洋流の考えにはある。三淵君でも自分はいやだけれども、最高裁判所の長官になっていなければならんのかもわからんぜ。

三淵　……（笑）。

佐々木　公の地位というものには、そういうことがある。かりに陛下が道義的にお考えになって退位されたいと考えられても、日本の天皇という立場からは、すぐそういうことにはならん。それならば何によって決めるか。やはり国民の意思によるがよい、というのがぼくの意見です。例えば、自分はやめる方が国のためにいいと思うからやめたい、という意思を国会に表明する。そこで国会はどちらかに決定する……。

三淵　どうかね、その場合に国会だけで決めるか、あるいは国民投票に問うか、これは問題だナ。

佐々木　そう、それは問題だ。しかし、それは国会として国民に意思を問うかどうかを決めればええだろう。――天皇が国家のためにということを考えて、やめた方がええと思えば、国民の意思に問うて決してもらうという態度をとるという制度にするがよいと思う、今の制度ではその余地はないのだ。

三淵　ぼくらはネ、終戦当時陛下は何故に自らを責める詔勅をお出しにならなかったか、ということを非常に遺憾に思う。

佐々木　まったくそうだ。

三淵　痛烈に自らを責められる詔勅をお出しになって、国民をして感奮せしめるだけの手を、なぜお打ちにならなかったかと、不思議に思うくらいだナ。

佐々木　側近の問題だね。終戦の詔書に「朕（中略）、爾《なんじ》臣民ト共ニ在リ」という御言葉があったでしょう。それじゃ上から下に臨んで、おれがいるから心配するな、というようにとれる、やっぱりいけんナ。明治天皇が維新のときに宸翰《しんかん》と称するものを出されて、百姓一人でもその処を得ぬ者があるならば、みんな自分の罪だ、という意味のことをいわれたでしょう。そこまでにならないといけんナ。日本をほんとうに再建するためには、それをやらんといけんと思うナ。

三淵　公人としては自分の思慮をもって進退去就を決するわけにはいかないんだ。どうしたって――。だけど、自らを責めることは妨げられない。だから、自分の不徳のいたすところ、不明のいたすところ、国民にかくの如き苦労をかけたということを、痛烈にお責めになれば、よほど違ったろうと思うナ。

佐々木　国会議員にしても、その当時の議員諸君はみんな責任があると思うけれども政府を責めるばかりだ。戦争中に感謝決議だの軍事予算だのを作ってたのは、みんな国会議員だからね。実際おかしくてかなわんよ。あの人々の考え方は、おかしなこってすわ。

三淵　実に困難な時代だナ。今は。

佐々木　まったく困難だ。しかし、どうです、最高裁判所の諸君の意気込みは。

三淵　一所けんめいになって張り切ってはいますがね、ぼくらは微力にして、どの程度までやれるか、わからんですよ。

佐々木　任務を尽くす上において困ることとか、国家に対する要求というと、どういうことです。

三淵　いま国家に要求してるのは、これは最高裁判所判事ばかりでなく、全国の判事だけれども、めしが食えないで安定しない。いま生活不安のために三百人ばかり欠員がある。やめる人がどんどん出てくるが、補充ができない。弁護士になれば相当の収入があるために、毎月かなり弁護士に転業する人がある。その対策として判事の待遇を、生活しうるものにしてもらいたい、という要求をしている。憲法にも相当な報酬を与えるという規定があるから、相当の報酬をくれといってるんです。官公労組みたいだけれども(笑)。

佐々木　それはいいことだ。

三淵　その「相当」は、国家財政も考えなければならんから、むやみに多くもらいたいという意味じゃないがね、とにかく「相当」というわけだ(笑)。

佐々木　それは賛成だ。しかしながら「相当」というのは問題だナ。数量的には意見が出ないにしても、抽象的にどういう状態が「相当」か……。

三淵　それはチャンとわれわれは持ってる。政府にもいってある。

佐々木　「相当」性の内容が問題だが、しかし賛成だナ。

三淵　それは誰でも賛成だろう(笑)。

佐々木　賛成だが、しかし、他方では訴える所のない階級が日本にはたくさんあるんだ。ぼくらのような浪人もそうだが、生活できないけれど訴える所がない、という人もたくさんある。こういうことも考えて、政治家は声なき声に聴くことをせんといけんな。

三淵　官吏に対する恩給というものは、老後生活しうるようにくれるという趣旨であったのだが、老年になって恩給だけしか収入がない。今の物価じゃ恩給は爪の垢ほどもないわけで、恩給を増額しないのはひどいと思うね。

佐々木　それはぼくがいいたいようなことだが……。しかしですナ、戦前から恩給亡国論、恩給はけしからんという議論があったからね。だけども、あの議論はどうも間違いらしい。世の中には思いつきの、議論というものもずいぶんあるからね。そこでだ、ぼくは裁判官に対して、それに屈従してはいかんということを非常に求める。権力に服従せぬというのは、むつかしいことではあるが、ある意味からいえば容易なんだ。ところが、世論に対して敢然とやることは、案外むつかしい。

三淵　いつもいうことだけれども、司法権が政府官権に対する独立を維持するのは、こういう時世には何でもないことだ。政府官権は無力なんだ。むしろ大衆運動に対する独立、世論に対する独立、新聞なんかに対する独立、こういう独立を維持することは、なかなか困難になってくると思う。

佐々木　そう、そう。まったくだ。

三淵　現に神戸あたりで共産党その他の指導によって、赤旗を立てて裁判所を十重二十重に取り巻いて示威運動をやったりした。裁判をしておる最中にね。こういったことは今後頻々と起こると思う。それに対して独立の地位を守ることが重大な問題ですよ。

（長谷川如是閑氏出席）

長谷川　さっき来たんだけども、早過ぎたんでね……。

三淵　お達者で結構。

佐々木　元気らしいね。

長谷川　元気なんだけども、この冬は風邪ひいちゃってね。佐々木君は病気がないらしいナ。

佐々木　糖尿だったけれども、このごろは癒《なお》っちゃった。

長谷川　糖尿なんていうのは健康病だ。大したことはない（笑）。

佐々木　このごろは脳貧血だよ。

三淵　ぼくもそうだ。妙にめまいがする。

長谷川　桑木厳翼君も脳貧血だったね。だけども、脳貧血で死ぬことはない。
佐々木　公安委員になったって？
長谷川　もう辞表を出したよ。
佐々木　あれは重大な任務だね。
長谷川　あまり重大だからぼくなんかダメだ。
三淵　それだけにあなたのような人にやってもらわなきゃ……。
長谷川　公安委員なんていってもネ。古物商の鑑札を渡すのが役目なんだ。
三淵　そんなことまでやらせるのはひどい。
佐々木　重大な任務といえば、芦田君も総理大臣になった以上は、うまくやってもらいたいナ。
長谷川　ぼくは芦田内閣なんていうのは、ちっとも知らないんでね。
三淵　芦田君は話は上手だナ。
長谷川　そうね。満州へ一回講演旅行したけれども、二時間ぐらい話しても、ハナの調子としまいの調子と、ちっとも変わらない。同じですよ。よほど熟練してるナ。
三淵　芦田君も、金をもらったとか何とかいうことで、衆議院の委員会へ証人としてよばれていたね。

長谷川　あのことはおかしいね。社会党ももらってれば、自由党ももらってる、というんだろう?

佐々木　どういう意味でもらうのかわからんね。金をもらうこと自体が悪いとは思わんがね、どういう意味でもらうのかね。

長谷川　おかしいね、反対の党までもらってるのは。

三淵　辻という男はだれにでもくれるらしいじゃありませんか。

長谷川　くれる方はそうかも知れないけども、もらう方がおかしいよ。

三淵　おかしくないんだ。辻嘉六はどの政党にも属しないんだから。

長谷川　そうか。それじゃしょうがない。

三淵　いくらやかましくいったって、政治家は金をもらわなければ選挙もできないからね。

佐々木　だから選挙を国営にしなければいかんのだよ。私の考えでは全部国営でね。選挙に関する金銭の事務は国営機関で取り扱う。それを通過せずして選挙のために使った費用は、みんな不正なものとみる。そこまで徹底せんといかん。そこでその金の負担をどうするかというと――これは書生論みたいでね、長谷川君などはひやかすだろう。君はひやかす方が先だからな(笑)。

長谷川　まだ聴かないんだから、ひやかすも何も材料がない(笑)。

佐々木　じゃ話そう。一文も使わせんというのが建前だから、その費用は国民自身の負担すべきものだと考える。そこでだ、いま選挙があったとすると、すぐ次の選挙の費用として国民から集めるんだ。

長谷川　税でなく？

佐々木　そう。選挙負担金というんだ。租税と負担金とは違うからね。道路負担金とかいうのと同じ意味の負担金だ。この金のほかは一文も使わんでええ、ということにする。すると、実質上の負担額はどれくらいになるか。今の規定では一人について四十銭かに制限しとるね。選挙権者一人についてだよ。

三淵　それはまた安いね。

佐々木　だからね、そういう計算でやればいいんだ。額は五十銭になるか二円になるか、知らんよ。こうやると、候補者は費用なくして選挙に出れるようになりはせんかと思う。これには副作用があるんだ。日本では国民が選挙に無関心でしょう。ところが、そういうことをやっとれば関心を持つようになるだろう。こういうわけだ。

長谷川　それはいいね。

佐々木　もう一つは、これは長谷川君の批判を仰がにゃならんことだが、ぼくは議員の任期短縮論だ。いま四年だろう。ぼくは二年か三年でええと思う。任期が長いのは選挙というものをあまりに重々しく見とるからだ。ぼくは選挙を日常茶飯事にするためにも、それから急激に変化するこういう時代には、一旦選んだら四年間は変わらん、代議士は選挙民に関係なく行動する、なんということをなくするためにも、任期を短くしたいと考えとる。

長谷川　いま選挙にどのくらい要るのかね。

記者　この前の時、七当五落――七十万円で当選、五十万円なら落ちる、と申しましたけれども、今では百万円でしょうか。

三淵　そんなに要りますか。

佐々木　芦田君の選挙費用が制限内だったかどうか、なんていう皮肉な質問をしていたようだね。

長谷川　芦田君は断じて金は取らんと答えたろう。制限内でやってる者はありやしないんでね。

佐々木　さあ、それだよ。すでに選挙の費用は制限内ではでけんということが社会事実として決まっとる、ということを前提としてだよ、そのときに総理大臣をひっぱって問うことはどうだい。

長谷川　それはいいね。

佐々木　ぼくは疑問を持つナ。

三淵　私はいかんと思う。

長谷川　それは法律家はいかんというに一致してるね。

三淵　ぼくはハッキリしとるんだ。そういう疑問を持たれた人が、その問いに対して正直にいうことができないんだ。もし真実を語れば自分が処罰されるかも知れない。そういうおそれのある答えを、公の席上で聞こうとすべきものではないと思うナ。

長谷川　無論強制することはできないナ。

三淵　そうすれば、ウソを答えることを予期しながら問うことになる。また儀礼の上からいっても、人のいやがることを多勢の面前で聞くことは、紳士のやることじゃないナ。

長谷川　だけども、紳士がみんな泥棒をする時代がきたら、泥棒しない者が紳士に向かって聞くべきだと思うナ。

佐々木　ぼくは人間社会の行動として疑問を持つんだ。例えば、ぼくらは今日、世間でヤミといわれる生活ぶりもあろう――と思うんだ。しかし、もし君らはヤミ生活をしているかと正面から問われたら、平気な気持ちで、しておると答えられるかどうか、今わからんね。

三淵　そういうことは問うべきじゃないと思うナ。

長谷川 それはヤミをしていると答えるべきだね。

佐々木 やあ、待て待て。一つの例があるんだ。ある禅門の坊さん、とうに死んどる人だよ、ええかね、その人に向かって、あなたは性的生活をしましたか、と問うた……。

長谷川 君が聞いたのか。

佐々木 いや、ぼくはそんなこと聞かんよ。――その問いに対して老子曰《いわ》く、そんなことは聞くものでない……。

長谷川 それでいいんだ。そんなことは聞くものでないっていうのはネ、そんなことやってるよ、ということなんだ(笑)。

佐々木 答えはどうでもええが、そういうことを問うてええものかどうかだ。

長谷川 それは今ある秩序を保とうという立場と、それをぶちこわそうという立場と、それによって違うんだよ。今の秩序を保とうというならば、聞かない方がいい。今の秩序はいつわりの秩序だからぶちこわす方がいいと考えたら問う方がいいナ。

三淵 お前はヤミをやってるかと聞かれた場合に、やってると答えると長谷川君はいうね。ところが、われわれはそう答えるわけにいかないんだ、というのは、われわれはヤミをやる者を処罰するんだからね。だから、すべて真実をいえばいいという、あなたのような立場もあるでしょうが、真実をいえない立場がある。内閣総理大臣が、理由のない銭をもらったかと聞かれたら、もらったとはいえませんよ。だから、わかってることは問わない方がいいと思うナ。

長谷川　そのときには、佐々木君の話した坊さんのように答えりゃいい。

佐々木　これは冗談や座興でいい出したことじゃない。ぼくのまじめに考えておる問題の一つなんだ。

長谷川　君は何でもまじめだよ（笑）。

佐々木　それでぼくはその問題について解決を持っていないんだ。

長谷川　法律家がわからなくちゃダメじゃないか（笑）。

佐々木　要するに、ぼくは不必要の程度に人をいやがらすような、あるいは全般にいやな思いをさせるようなことは、なるべくせぬ方がええ、という考えは持ってるけど、それ以上の考えは今定まってないナ。結局、常識論、通俗論だがね、問われる人の立場になって発言すべきだと思う。

長谷川　紳士的にね。だけど、何しろ不合理な世の中だよ。ヤミを罰する裁判官がヤミ買いしなければ生きていかれない、という状態だからね。ぼくは君（三淵氏）に少しヤミ買いを勧めて、健康を保持してもらおうと思ってるんだけども。

三淵　ヤミ買い？　ヤミ買いの問題は、ぼくはこう思うんだ。食糧管理法で処罰されることと、生命を失うことを秤にかけてみて、どっちが重いか。生命の方が重いに決まってるね。その場合、食糧管理法違反で処罰されることを覚悟してヤミ買いする分には、その人はそれで一向差し支えないわけだ。これは個人の場合ですよ。ところが、裁判官はそういかないんで困るんだ。

長谷川　裁判官だって人間だからね(笑)。

三淵　山口判事がヤミ買いをしないで死んだろう？　あれの細君の父が心配してね、何とかして栄養をとらせようと思って、毎週日を定めて山口君の家族全部をよんで飯を食わせたんだネ。初め二、三度いったんだけれども、ハテナと気がついてからは、いかなくなった。自分がヤミの物を食わないものだから、食わせるためによんだんだと覚《さと》ったんだね。また、友人や親類が大根や人参を送ったのも、初めは好意だと思って受けたらしいけれども、これも気がついてもらわなくなっちゃった。

長谷川　もらうのはいいじゃないか。

三淵　山口判事は日記に書いてるんだ、「ヤミの物を食うくらいなら死ぬのがいい。ヤミ買いは絶対にしない。犯す者は断固として処罰する。自分は喜んで餓死するつもりだ。敢然ヤミと闘って餓死するつもりだ」なんてね。

長谷川　ぼくはそういう人間が無数に出ればいいと思うよ(笑)。そうすれば、そんなものはダメだ、ということがわかるんでね。

三淵　区々たる食糧管理法に違反するかしないかという問題よりもね、生命をなくするということは、もっと重大な問題ですよ。それを考えなきゃいかんのだ。とかく若い人は一直線にいくからナ。

長谷川　裁判官であることに精神をこめたらば、それは買えなくなるね。

三淵　買えなくなる。殊にそれを毎日のように処罰していればね。

長谷川　そうなると法律が悪いんだよ。

三淵　しかし食糧管理法がなくなったら、餓死する人が出てきますよ。あれあるがために、どうやら、みんな生きてるんだ。

佐々木　山口という人は、ああいう生活を続けとったら死ぬることはわかっとったのかね。

三淵　日記にそう書いてあったね。

佐々木　そうなると、問題が転じて、そういう法律を改正することに努力するのがよいという結論にならんか。

三淵　それを喜んで死ぬるというんだからね。

佐々木　それなら、だね、判事という職を去ってしまったらええ、という結論にならんのかね。

三淵 日記に、判事や検事の中にひそかにヤミ買いをして、何知らぬ顔で役所に出てる者があるのに、自分だけは今かくの如く清い死の行進を続けていることを思うと病軀を忘れてまったくいい気持ちだ、と書いてある。

佐々木 そうなると、ふつうでないナ。

長谷川 まじめは非常にまじめだが、すこし病的だね。

佐々木 その法律それ自身をええと思っていたわけじゃないんだろう?

三淵 法律は悪法だといっている。

長谷川 ヤミ買いしないために死ぬ人がたくさん出ると効果があると思うナ。一人だけだからバカにされるんでね。

佐々木 十人や二十人出たってダメだろう。

長谷川 多数出れば反省するかも知れないよ。これはたまらんと思うだろう。

三淵 そうたくさんは出ないよ。

長谷川 そこを何とかして出るように、会でも作るか……。

三淵 ぼくは会員にならないよ(笑)。ヤミを禁じてるから食料の配給があるので、もし食糧管理法がなかったら、貧乏人は食料を買えませんよ。

長谷川 そう。それは賛成なんだ。

三淵　だから、あれを悪法といい切れない、今のところはね。

長谷川　そうなんだけども、実質をふやす科学性がないね。ただ法律でもってやろうとするから……。

三淵　いや、私はそうは見ないナ。これだけ多くの人間が日本にいてさ、海外からも何百万という者が帰ってきて、それでも餓死した者が幾人いますか。ほとんど餓死しないですよ。乞食といえども餓死しないんだ。これは相当な効果だと思う。

長谷川　現にこれだけの人間が生きてるんだから、生活していく実質はあるんだ。ただ秩序を立てる方法が悪いから……。

三淵　いや、やり方が割合にいいから生きていられるんだと思う。悪くやったら餓死しますよ。

長谷川　いや、これであなた、いいというのかナ。それがボンヤリしてる、科学的でないところだナ。これでいいんだろうなんてやる。それがどうも病弊だね（笑）。

三淵　とにかく供出制度なんか、相当科学的にやってるよ。これ以上よくやれといっても、なかなかやれないんだね。これくらいのところでいいとしなければなるまい。

長谷川　最高裁判所の長官がそういうんだからね（笑）。

三淵　私の親父の時代の連中は会津戦争で敗けてね、南部恐山の下、廣漠不毛の原野へやられちゃって、木の実、草の芽を食ったそうだ。そのとき一日に玄米一合ずつ配給になった。このときは寒さのために死んだり、腹が減って死んだのもある。ぼくらはどうやら生き残った者の子供なんだ。それから見ると今の配給はありがたいよ。

長谷川　それはそうだ。倍以上だからね。だけども、あんまりそれを思い出しちゃいけないナ（笑）。もう少し高いところを論じないと。今はたいへんいいように思われたら困る。

三淵　しかし、とにかく日本は国土が狭いからね。

長谷川　そこを科学的にやらんとね。

（昭和二十三年五月）

挨拶

——最高裁判所長官の就任式のあった日、新聞記者との共同会見の席上

近代の卓《すぐ》れた法学者、ハーバード大学の教授、ロスコー・パウンド先生の言葉に、次のような意味のことがありました。「裁判所が、正義と衡平とを実現することは肝要なことである。併《しか》しもっと肝要なのは、国民が、裁判所は正義と衡平とを実現するところだと信ずることである。」裁判所は国民の権利を擁護し、防衛し、正義と、衡平とを実現するところであって、封建時代のように、圧制政府の手先になって、国民を弾圧し、迫害するところではない。ことに民主的憲法の下にあっては、裁判所は、真実に国民の裁判所になりきらねばならぬ。国民各自が、裁判所は国民の裁判所であると信じて、裁判所を信用し、信頼するのでなければ、裁判所の使命の達成は到底望み得ないのであります。

裁判所をして、真に国民の裁判所となり、国民の信用を博し、信頼をつながしめるには、裁判所自らが、良き裁判所となり、良き裁判を為さねばならぬこと勿論であります。私共は、全身全力を傾倒して、この事の為《ため》に専念努力しなければなりませぬ。

殊にこれからの最高裁判所は、従来の事件を取り扱う外に、国会、政府の法律、命令、処分が憲法に違反した場合には、断固としてその憲法違反たることを宣言して、所謂憲法の番人たる役目を尽くさねばなりませぬ。これは我が国空前の制度であって、私共はその運用の為に十全の注意を払い、重大な責務の遂行に努めねばなりませぬ。従って裁判官たるものは、法律の一隅にうずくまっていてはならず、眼界を広くし、視野を遠くし、政治のあり方、社会の動き、世態の変遷、人心の向き様に、深甚の注意を払って、これに応ずるだけの識見、力量を養わねばなりませぬ。人格を磨き、人品を高尚にしなければならぬことは謂《い》うを待ちませぬ。かくして、裁判官が良き裁判官となり、裁判所が良き裁判所となり、国民の権利擁護、権利防衛の職責を尽くし、正義と衡平とを実現するに至って、初めて、裁判所は、国民の信用を博し、信頼をつなぎ得るに至るのであります。

殊に今回の制度では、国民は最高裁判所の裁判官の審査を為し得るので、国民の衆望を担い得ぬ裁判官は、裁判官たる地位から退けられるのであります。この審査を行う為にも、国民は、裁判の在りよう、裁判官の適否に、常に注意を払ってもらいたい。国民が裁判に無関心であっては、裁判官の適否の審査は出来ますまい。裁判所の進歩発達は、一に国民の賛助、声援に依《よ》らねばなりませぬ。私共は国民の裁判所、換言すれば民主的裁判所の建設、完成に向かって怠ることなく、たゆむことなく、堅確、堅実な不断の前進を、一歩一歩踏み出さねばなりませぬ。私共は懸命の努力を為し、不断の前進を始めます。切に諸君の賛助声援を希望致します。

（昭和二十二年八月）

開廷の辞

列席の諸君竝《ならび》に傍聴の諸君。

最高裁判所は本日ここに大法廷を開きます。最高裁判所は新憲法に依《よ》って、初めて誕生した新しい裁判所であります。民主主義下の新憲法は、三権分立の精神を徹底せしめて、立法権、行政権に対して司法権の完全な独立を宣言し、立法権は国会に依って、行政権は政府に依って、そして司法権は裁判所に依って行使せられることになったのである。従って裁判所は、外部の如何《いか》なる勢力にも屈することなく、良心に従い、独立してその職権を行使する。憲法及び法律に拘束せらるる外、何等の拘束をも受けませぬ。

裁判所は国民の権利を擁護し、防衛し、正義と衡平とを実現するところであります。国民の権利は憲法によって保障せられ、この保障は裁判所に依って完全に実現せられる。特に新憲法は、一切の法律、命令、規則又は処分が、憲法に適合するかしないかを決定する権限を最高裁判所に与えたのであります。所謂違憲審査権であります。この権限はまことに重大でありまして、憲法の解釈並《ならび》に、違憲なりや否やの判断は、最高裁判所がその最高最終の機関であります。裁判所が若《も》し違憲なりと判断したときは、これ等の法律、命令、規則又は処分は総て無効に帰します。これは我が国空前の制度であって、その運用については、十全の注意を要すること勿論であります。

最高裁判所がこの憲法違反を問題とするとき、その他判例を変更する問題の起こったとき、重要な問題を解決する必要のあるとき、常にこの大法廷を開きます。

最高裁判所はその重大なる使命を達成するために、大法廷を開き、今後不断にこれを開いて、あらゆる問題の解決の任に当たります。そして憲法の精神を体し、民主主義日本の建設に努力して、真に国民の裁判所として国民の信頼を博し、正義衡平の府として国民の衆望を集めなければなりませぬ。そして十分に国民の幸福を保障し、国民の権利を防衛せんとするのであります。どうかこの事を御承知願います。

これが裁判長たる私の開廷の辞であります。

（昭和二十二年十一月）

裁判所職員諸君へ

新憲法の下に旧来の官吏の制度は全く改められ、新しい公務員の制度が誕生した。古い役人の殻を捨てて新しい公務員の在り方を工夫し、公務員精神を新たに興して国民に奉仕するの実を挙げ、秩序正しい文化国日本を建設することは、まさに諸君の双肩にかかっている。ことに裁判所は、新しい憲法により、民主主義に基づいて、その使命と面目を一新したのである。ここに裁判所職員諸君の反省と自覚とを切に求めてやまない。

諸君は、自分自身の人格の尊厳を自覚しなければならない。個人の人格の尊重は、民主主義の基をなすものである。人が見ているから働く、人が見ていないから怠けるというようなことは、自分自身を奴隷にすることである。人がするから自分もする、人がしないから自分もしないというようなことは、無自覚な動物の行動に等しい。これでは、人格の尊重もなく、人格の独立さえもない。まず自分自身でよく考えることである。そして何が正しいかをハッキリ判断することである。それが自分の人格の尊厳を自覚するゆえんである。若《も》し諸君が、自分で真面目に考えることを面倒がって人のいうことに盲従したり、正しいかどうかの判断もつけずいい加減に行動したり、或《あるい》は正しくないと良心に感じながら行動したりすれば、日本は過去のあやまちを再び繰り返すこととなろう。

自分自身の人格の尊厳を自覚する人は、他人の人格をも同じように尊重しなければならない。他人の行動を束縛しないことである。たとえ無意識にもせよ、自分の考えを人に押し付けたり、人の行動を妨げたりするようなことがあってはならないのである。

科学的精神の育成も、思想の発展も、そして本当の意味の文化の向上も、お互いの人格の尊重がなければ、到底望むことができないのである。目前のことに心を引かれ身近なことに眼を奪われて、この根本を忘れ、徒《いたずら》に安易な道を選んだり、性急に事を運んだりしたのでは、本当の文化を築くことはできない。かくては、敗戦という大きな犠牲を払いながら、日本はついに一歩も前進することなくして止まるであろう。

諸君は、自分自身の人格の尊厳を自覚するとともに、他人の人格をも尊重しなければならない。そして、それを実際に行うためには、礼儀を正しくし、規律を守り、責任を重んじなければならないのである。

礼儀を正しくすることによって、人格の尊厳ということを諸君自身の身につけ、諸君の日常生活の上に生かすことができるのである。諸君は、まず礼儀を正しくしなければならない。

規律を守ることによって、お互いに無意識にでも他人の行動を束縛するということがなくなる。これによって、他人を侵さず、他人から侵されずに行動することが初めてできるのである。諸君は、あくまでも規律を守らなければならない。

自分の人格の尊厳を自覚することと、自分自身の行動について一切の責任を負うこととは、表裏一体をなすのである。自分の責任を解しない人は、人格の尊厳の意義を知ることができないであろう。諸君は、常に自らの責任を重んじなければならない。

以上述べたことは、役所における仕事の上でも、私生活の上でも変わりはない。礼儀を正しくすること、規律を守ること、責任を重んずることは、役所においても、命令を待ってすべきものではなく、公務員たる諸君自身の自発的な意志によるべきものである。ことに、これ等のことは、諸君が日常役所において公の仕事を他の人とともにする際には、極めて重要なことなのである。

以上のことを基として、さらに公務員としての心構えの二、三について、諸君の深い考慮を求めたい。

公務員として、諸君は国民全体に奉仕するの念に徹しなければならない。ともすれば官権をかさにきて国民に臨んだ旧来の官吏の風は、今日諸君の中には残ってはいまい。しかしながら、国民に対する奉仕については、さらに反省し、工夫し、努力すべきものが少なからずあるであろう。諸君の職務も、諸君の執務する場所も、諸君のものではない。すべて国民のもの、国民のためのものである。職務の執り方にも、執務場所の扱いにも、常にこれを銘記して、積極的に、熱意を傾けて奉仕の実をあげられたい。諸君の責任は、直接国民全体に対するものであることを十分に自覚せられたいのである。

裁判所の事件は激増するし、人手は足りない。この間に処する諸君の労苦は察するに余りがある。しかし事件の減少は望み得ないし、人員の増加は許されない。少数の人員を以《もっ》て、目に余る多くの事件を処理しなければならないのが、我々の当面する現実である。諸君はこの事情をよく理解せられたい。少数の人員を以て、多数の事件を処理することは、執務の能率を挙げることの外にはない。各自の領域において、日常不断に、創意と工夫をこらし、意を用い、気を配ってその進歩を計り、その改善を心がければ、能率は自から挙がるに相違ない。事務の処理は、幾多改善せられたが、それでもなお、旧態依然たるものがないでもない。気の附かぬところに因襲に囚われている部分があるかも知れぬ。執務の方法は無限に進歩し、前進する。創意と工夫のあるところ、能率と効果は、驚くべく上昇する。事務の能率的処理によってのみ、少数の人員を以て、多数の事件を処理し得るのである。諸君の一層の努力と注意とを期待するのである。

次に、諸君が職務を執るに当たっては上司の命令には服従しなければならない。裁判所が一面に司法に関する行政を行う組織体という性格を持ち、諸君がその面において職務を執る以上は、それは、当然に守らなければならない規律である。諸君は、公務員として、裁判所という一つの組織体の中で職務を分担しているのである。その組織体が一体として活動するがためには、上司の命令に対する服従の義務があることは、もとより当然である。

今日、わが国が当面している情勢は、極めて厳しいのである。ここに諸君に対し、切に反省と自覚とを求めると同時に、相ともに決意を新たにし、相たずさえて日本再建の大道を邁進せんことを誓うものである。

（昭和二十四年八月）

日本ハーバード・クラブに於《お》けるスピーチ

――同クラブ創立五十周年記念祝賀会の席上

会長竝《ならび》に各位

今夕御招待を賜り、各位の面前に於いて話を致すことは、私の最も名誉とするところであります。

若い鼠《ねずみ》が水に落ちて濡れました。どうしたら乾くだろうと親鼠に聞きました。親鼠が教えて言うには「法律家の話を聞いたら良かろう、法律家の話はドライだから。」親鼠の言う迄《まで》もなく、法律家の話は兎角ドライであります。私の話のドライなことは当然です。そのつもりで御聞き下さい。

私は、昨年の八月四日、最高裁判所長官に選任せられました。その日の夕刻、新聞記者諸君と会見して、私のステートメントを発表しました。その冒頭にハーバードのプロフェッサー・ロスコー・パウンドの言葉を引用しました。「裁判所が正義と衡平とを実現することは肝要なことである。けれども、もっと肝要なことは、国民が裁判所は正義と衡平とを実現するところだと信ずることである。」そして、私は、日本の裁判所も米国の裁判所のように国民に信ぜられる裁判所にならねばならず、日本の司法も米国の司法のように民主化しなければならぬことを述べたのであります。

プロフェッサー・ロスコー・パウンドの著書は、日本の法学に多くの暗示と教訓とを与えました。私は常にプロフェッサー・ロスコー・パウンドに尊敬の意を表して居ります。

明治年代には、米国大学の出身者、特にハーバードの出身者が、日本の文明の指導者として、重大な役目を務めました。その後、明治憲法が制定せられたころから、次第に独逸《ドイツ》法が盛んになり、これと共に米国の法律を学ぶ者は減少しました。然《しか》るに、局面は一転して、日本国憲法が新たに制定せられました。新しいこの憲法は米国憲法を知らなくては、全く理解出来ませぬ。これからは日本の法律家は米国法を学ぶことによって新しい日本を建設しなければならないのであります。

プロフェッサー・ロスコー・パウンドの言うように、裁判所を国民に信ぜられる裁判所とする為《ため》には、更に司法を民主化する為には、米国の先蹤《せんしょう》に従わねばなりませぬ。デモクラシーの日本をつくりあげる為には、米国を手本にしなければならぬのであります。

米国の多くの大学中、最も有名な裁判官、弁護士その他の人物を数多く輩出せしめたのはハーバード大学であります。今後我が国に於いても、ハーバードの出身者諸君が明治年代のように、世界文明の一翼としての、日本文明の指導者として、ハーバード・スピリットを、日本のすみずみにまで遍《あまね》く浸透せしめる日の来たらん事を望みます。その日には、日本のデモクラシーも歩みを進め、日本の裁判所も、国民の信用を博するに至り、日本自らの信用も、文明諸国の間に高まるに至るであろうと思います。

私はハーバード・クラブの益々隆盛ならんことを望み、そしてハーバードの卒業者の中から、日本のすぐれた裁判官、弁護士、その他の社会上重要なポストに立つ人々が出現して、日本の民主化のために活発な活動を為されん事を望みます。

もう濡れた鼠の乾く頃です。ドライな私の話はこの辺でやめましょう。終わりに今夕の御招待に対して厚く感謝の意を表します。

（昭和二十三年五月）

新庁舎の落成にあたって

東京における新米国大使館の基石を置いたとき、キャッスル氏が行った演説の一節に、次のような言葉がある。

「われわれは、この新しい建物が、復興された東京の装飾になるであろうことを希望する。だが如何《いか》に美しくても、単にそれが外殻であるに止まるならば、大使館は失敗である。もしそれが、無数の書類が雨によって汚されるのを防ぐだけのもの、日常の仕事に従事する男女を入れるだけのものであるならば、大使館は失敗である。それは米国と日本の双方への奉仕の住居でなくてはならぬ。それは理解の中心でなくてはならぬ。この壁の中で働くものは、この偉大な目的の実現のために、彼等の生命を捧げねばならぬ。」

私は、この演説をグルー氏の『滞日十年』で読み、いたく敬服し、そして同感した。建物はもち論大切である。しかし、建物が如何に美しくても、書類を置いたり、仕事に従事する人々を入れて置くだけでは失敗と言わねばなるまい。

裁判所は正義のシンボルである。裁判所は、憲法と法律に従い、正義と衡平とを実現して、国民の権利と自由を擁護する重大な目的を持っている。この目的を実現できないときは、裁判所は、あってもないのと同じである。

アメリカの多くの裁判所の入口には、「司法の正しい運営は、善き政治の最も強固な柱石である。」という言葉がきざみこまれているそうである。新しくできた最高裁判所の庁舎には、この言葉はきざみこまれていないが、しかし最高裁判所の正しい活動が民主日本、文化日本の最も強固な柱石であることはいうまでもない。

全国民の深い理解と協力とによって新庁舎の落成を迎えることができた今日、われわれは、裁判所の目的実現のために、司法の正しい運営のためにわれわれの生命を捧げなければならない。そして、国民一般の期待にこたえるところがなくてはならない。

（昭和二十四年十二月）

愛知大学に寄せる挨拶

愛知大学開校三年の祝賀会を開かれる。慶賀に堪えぬ。創業当時多くの困難を乗り越えて、立派な大学の創建を見るに至ったことは、実に何よりのよろこびであった。

その愛知大学が、創建以来着々とその歩武《ほぶ》を進め、今日三年を迎えるに当たって多少の感慨なきを得ない。

戦後の日本再建は、どうしても教育に待たねばならぬ。教育が第一であり、第二も第三も、また教育である。有為な、立派な明日の日本を担当すべき人材を育成することほど、大事な事業はあり得ないのである。

日本の大学は多い。併《しか》し私は最も望みを愛知大学に繋《か》ける。愛知大学が日本の多くの大学の中に嶄然《ざんぜん》と、頭角を抜くのも遠いことではあるまい。愛知大学の前途は多望であり多幸である。まことに慶賀に堪えぬ。

米国の偉大な判事、オリバー・ウエンデル・ホームズは、曾《かつ》てハーバード大学の法学校でした演説に「大学は、スマートな人を養成するところではない。叡智のある人を養成するところだ。」といった。成《な》る程と思う。スマートな人は、すぐ世に役立つであろう。しかしそれだけである。日本の必要とする人物は、そんな人ではない。叡智のある人でなければならぬ。叡智のある人が欠乏したればこそ、日本は今日のような日本に転落したのである。明日の日本を担当すべき若き人々は何よりも先に、叡智のある人たらんことを心掛けなければならぬ。

易の『繫辞伝《けいじでん》』に、「開物成務」という言葉がある。知識を開発して事業を達成するという意味と私は解釈している。知識の開発が先務である。事業の達成は知識の開発なくしては行われぬ。日本の再建もまた知識の開発なくしては覚束ない。

大学は知識開発の府である。学問の研究、真理の研究、いずれも皆知識の開発である。愛知大学は知識の開発に専念せねばならぬ。学問研究において、真理研究において、世間の大学の水準を超えねばならぬ。愛知大学当然の責務である。

学生諸君はよくこの事を覚悟せられたい。愛知大学の責務の重大なことを自覚せられたい。そしてこのことのために勇敢に、そして堅実に、諸君の道を進まれたい。学生の進むべき本道を踏み外さぬ用意の必要なことは当然である。

愛知大学が、学問、真理の府として、その名声を馳せ、世界文化の発達に寄与するに至り、愛知大学が叡智のある有為な人々を輩出して、日本再建の大業を達成するに至らんことを期待して、私は愛知大学の未来に輝く太陽を認める。願わくば、愛知大学の進展の日ざましからんことを。そして一日も早く、全国大学中の大学たらんことを。

（昭和二十四年十一月）

後記

これは、私の漫《みだ》りに描いた、ヘマムショ入道や、へへののもへじのたぐいに過ぎませぬ。一冊の本にまとめて刊行せられるなどとは、およそ思いもかけませんでした。それが行われることになったのは、一に友人嘉治隆一君の懇《ねんご》ろな勧誘の結果であります。編集、校正その他の煩わしい仕事は、すべて朝日新聞社の岡崎俊夫君、その他の諸君が、進んで担当せられました。いよいよ本が出来るとなると、流石に嬉しくもあり、歓びでもあります。私は以前、数部の専門書を公刊したことがありましたが、ついぞ、今度のような嬉しさと、歓ばしさとを感じたことはありませんでした。私はここに、嘉治、岡崎の両君及びその他の諸君に、厚く御礼を申します。

本書に収めたものは、昭和二十二年八月、私が最高裁判所長官に任ぜられたときから、昭和二十五年、三月二日の停年を、目の前にした、本年一月迄の間、私の在官中、忙裡に筆を執り、病床に文を綴ったものばかりです。そして殆《ほとん》どその全部です。只《ただ》『佐藤元萇と白楽天』の一篇のみは、十年前に書いたものですが、偶然見つかったので、加えて置きました。二、三の談話筆記も載せました。その外に、私が公式の機会に述べた挨拶と、公式の文章その他を、一番あとへ附け加えました。これは私自身のための記念の意味に外ありませぬ。附録とでも御承知下さい。

「文は人なり」と云う言葉があります。私は私自身を説いたつもりはありませぬが、私の全き姿は、或《あるい》はこの書の中に露呈しているかも知れませぬ。おそろしくもあり、はずかしくもあります。しかしそれも致し方ありますまい。すべては、あなたまかせです。

この書は、はからずも、私の古稀の記念となり、また在官の記念となり、退官の記念ともなりました。ヘマムショ入道や、へへののもへじが、このような記念になろうとは、夢にも思いがけなかったことです。おはずかしい次第です。

昭和二十五年二月節分の夜

東京牛込の書室にて

三淵忠彦　識

世間と人間

昭和二十五年三月二十五日発行
定価　一八〇円（当時）
著者　三淵忠彦
発行所　朝日新聞社

復刻に際し、旧字体を新字体に、旧仮名づかいを新仮名づかいに改めました。
また、一部の漢字に振り仮名を振り、一部の漢字を仮名に改めました。
言葉を補った部分があります。

三淵忠彦という人

本橋由紀

外の空気は冷たくても、縁側に座っているとぽかぽか温まってくる。

小田原市板橋にあるこの邸に暮らした三淵忠彦は優しい人だったという。

「春陽の温、時雨の潤」の一節を好んで口ずさんだ。

「顔を見るとあたかも春の陽に包まれたような温かさを感じ、言葉を聞くと、あたかも雨が土を潤すように心の中へしみ渡る」と言われた中国北宋時代の儒学者・程明道を尊敬していた。また、武士道、会津の魂を持ち続け、古武士の風格を備えた人であった。


忠彦は第二次世界大戦後、昭和22年8月4日、民主国家として出発したこの国の最高裁判所の初代長官に任ぜられ、注目を集めた。本人も裁判所という職場が一番気に入っていた。就任前から腹部にできものがあったが、就任する頃からめっきり元気になった。新宿・牛込に公邸が整う12月まで、毎日小田原から電車で通勤したが、すでに67歳と高齢だったため、他の乗客が当番で電車の席を取っておいてくれた。その心遣いを「生涯忘れない」とつぶやく人だった。

「新しい裁判所を、新憲法の命ずるように建設し、混乱せる戦後の社会に、一日も早く権利を確立し、国民の信用を得たいと、日夜努力した」と語った言葉が残る。

【会津の武士の出】

忠彦は明治13（1880）年3月3日、岡山で生まれた。

父は会津藩士だ。戊辰戦争後にその責をひとりで背負い自刃した会津藩家老・萱野《かやの》権兵衛《ごんのひょうえ》の弟の安之助である。家老3人が「反逆首謀の者」とされたが、権兵衛以外はすでに亡くなっていた。忠彦は権兵衛を誇りにしていた。萱野の家が「お家断絶」を命じられると、権兵衛の子らは「郡」の姓を、安之助は「三淵隆衡《たかひら》」と名乗った。「会津籠城の囲いを脱して荘内藩へ使者に行ったとき、姓名を変じて『三淵新九郎』と称したことに因むそうだ」と忠彦自身が書いている。欧米の武器が注ぎ込まれたといわれる戊辰戦争で散々な目に遭い、ようやく一命を取り留めた隆衡の身体には大きな弾痕があったそうだ。明治4年に中央へ出仕し、郡長として岡山、東京、茨城、福島、山形などあちこちを転々とさせられた。忠彦の経験した「一度目の敗戦」である。権威におもねることなく、フェアな精神を持ち続ける人物になる大きなできごとだったの

忠彦の父・三淵隆衡

ではないだろうか。母は登喜、会津の佐野貞次郎の長女だった。

　忠彦は父の転勤に伴い、福島県の会津中学（現県立会津高校）から山形県の荘内中（現県立鶴岡南高校）に転校した。文芸評論家の高山樗牛と出会い、世界の歴史と地理を勉強する大切さ、世界と人間を知る意義を学び、「少年の一番大事な時を荘内中学で教育を受けたことは、一生

若かりし頃の忠彦。会津中学、荘内中学、旧制二高、東京帝国大学、京都帝国大学に学んだ。

の幸福であった」と回顧している。卒業後、旧制二高（東北大の前身）に進学する際は、わらじをはき、荷物を肩にかけ、むすびを腰につけ、関山峠を越えて仙台に向かった。二高時代は「大魚」と号して俳句をたしなむ多感で純情な青年だったという。

その後、東京帝国大学法科に進んだ。越前堀（現東京都中央区）にあった遠縁で、のちに枢密院顧問官となる石渡敏一の家に世話になった。石渡家には子どもが10人おり、その長男の荘太郎（のちに大蔵大臣、宮内大臣）と同じ部屋で暮らし、荘太郎に英語や漢文を教え、本郷に通う日々を過ごした。しかし、20歳の時、父を亡くした。さらに、22歳の時に母が逝く。「最愛の弟」が不慮の病で早逝し、これを追ったともいわれる。4人きょうだいだったが早くに兄も亡くしていた忠彦は「天地も真っ暗になったような気がして、ほとんど失神した」と後に振り返った。大学も辞め、旅に出た。ただ、「自暴自棄になったり、酒に溺れたりするようなことも当然なかった」という。京都帝国大学法科に転校したが、どのような心境の変化があったのかはわからない。

【裁判官になる】

明治38（1905）年、25歳で卒業。新聞記者を志望していたが、上京して、司法次官になっていた石渡の家で再び書生となり、そのすすめで12月に裁判所に入り、司法官試補

（現在の司法修習生）になった。月給は35円だった。

父の友人、小泉忠武の娘の久子と結婚。乾太郎《けんたろう》、章次郎（萱野家を再興）、震三郎、多摩の3男1女をもうける。一人娘の多摩を大変可愛がり、聖心女子専門学校に通わせた。在学中、京都に旅行に出かける娘を忠彦が駅まで見送りに行ったというエピソードを、多摩の同級生は覚えていた。

多摩の記したところによれば「忠彦は石渡敏一を生涯の師として仰ぎ、尊敬していた。三淵の家にとって石渡家は大切な家であり、身近な存在でもあった」という。多摩は敏一の五男、慎五郎と結婚した。『世間と人間』の冒頭に、「石渡荘太郎君に献じ、ご母堂の寿康を祝す」とあるが、ご母堂とは忠彦が母と慕った鉚子《りゅう》のことである。

40年11月に東京地裁判事に就任。41年6月に長野地裁、同8月東京地裁、45年同地裁部長になった。大正12年に大審院（現最高裁）判事、13年に東京控訴院上席部長となった。忠彦は「裁判官はただ憲法と法律の条項により、良心に従って裁判するだけであって、他の何ものの力によっても屈することなく、主観的、恣意的な判断をしてはならないのである」という信念を持っていた。「まじめでゴマカシがいっさい通用せず判決の論理も精緻なところから『司法界の諸葛孔明』と呼ばれていた」という逸話も残る。しかし、14年に退官した。

忠彦について、裁判官となり後に浦和地裁の所長を務めた乾太郎は「判断に迷いが感ぜられず、漢学の素養から語彙が豊富で判決文の起草に骨が折れたというような苦心談はついぞ耳にしたことがない。10年あまりの間、判決は月曜日にだけ書くことに決めていたそうだが、それで足りたのだから書くのも早かった」と評した。乾太郎が初出勤の日に起案を命じられて四苦八苦して書き上げて父に見せたところ「なんだ、これは」と一蹴され、全文を書き直されたり、朝から夜までかかっても事件の概要がつかめずにいると、「これは原告の負けだ」と言われたりしたという。乾太郎が忠彦をリスペクトしていた様子がうかがえる。

乾太郎、章次郎、震三郎と多摩

裁判官在任中の大正2年5月からは慶応大学法学部と経済学部で民法の講義を担当し、30年続けた。こちらの月給は当初45円だったという。後に慶大学長となる小泉信三らとも親交を深めた。

漢学の素養と言えば、忠彦の義兄、堀維孝は学習院の教授を務めた国語漢文教育の権威で、忠彦は親しくしていた。余談だが、1803（享和3）年に創設された会津の藩校「日新館」は、先進的で高度な教育を行っていた。『論語』、『大学』などの四書五経を入学前の6歳ごろから寺子屋などで素読させ、藩士の子弟はすべて入学が義務づけられていた。

【実業界への転身】

三井信託株式会社の法律顧問に就任し、15年間勤めた。当時新たに制定された信託法を正しく運用するために、三井信託の原嘉道から招かれ、それに応じた。民事裁判官として判決も早く、審理も的確と評価が高く、将来は裁判所の中心となる裁判官とも目され、東京控訴院長からも絶大な信認を得ていたという忠彦がなぜ辞めたのか「謎」とも言われる。乾太郎は「生活のためでは……」と推察した。当時の裁判官の報酬は少なく、子どもらに専門の教育を受けさせるのは容易ではなかったためだと。そして、戦争が始まると一切の公職を去った。

定年のない三井信託の法律顧問を60歳で辞したのは、「還暦ともなれば、第一線から去って後進に道を譲るもの」という方針ゆえだった。数年は自由勤務の顧問として残った。

【渋谷から小田原へ】

渋谷氷川町（現・渋谷区東）の家は大正8（1919）年に借りた土地に建てられた。11年夏に久子を心臓病で失い、12月28日にブラジル・イグアペ植民地の所長白鳥尭助の妹、静と再婚した。敷地には簡素な平屋の母屋と離れがあった。親交のあった潮田祖は、「おやつには、いつも塩せんべいと紅茶が出た。ご飯には三淵家特製のブラジル料理、ピラフのようなご飯が出た」となつかしんだ。ブラジルの親戚（尭助？）から送られたワニを庭の池で飼っていたのもこの場所だ。家は昭和14年に地主から更新を拒絶されたが、毎月地代を持参し、妥協しなかった。だが、20年5月25日の大空襲で十数発の焼夷弾の直撃を受けて、焼けてしまった。章次郎は「数千巻の蔵書はすべて灰になったのは家を失ったよりショックだったに違いない」と、震三郎は「父の室はたばこの煙の中に床の間も座机も、うずたかく本が積まれ、それが雑然としていたが、誰かが整理をすると機嫌が悪かった。日曜日は漢書を音読していた」とそれぞれ記している。読書が唯一の楽しみだった忠彦の喪失感は大きかったようだ。身長5尺5寸（165㌢）、体重約19貫（71㌔）とかっぷくが良い方だったが、戦争ですっかり痩せた。

小田原の家は静との間に生まれた4男燦四郎《さんしろう》の肺結核の療養のために、昭和11年頃に別荘として建てたと言われているが、存命中は、保存登記をしておらず、登記簿を当たっても来歴はわからない。こちらも借地である。建築家の佐藤秀三に頼み、約30坪の家を建てた。「玄関のない、床の間のない、そして一切の装飾のない家をと注文した。この家は簡単ではあるが、清楚である」と『美しい暮しの手帖第七号』に書いたゲラが残る。「土間は夏になると応接間になる。床の間はないが、茶掛ぐらいは掛けられる。花生けも掛けられる。装飾のないのは、さっぱりして気持ちが良い」と評している。

渋谷の家を焼け出され移り住んだが、読書家で博識、官に屈せず、進歩的な考えの持ち主だった忠彦は、別荘地として多くの人が集まったこの小田原で、電力王と称された松永安左エ門やジャーナリストの長谷川如是閑らと親交を深めた。自他共に認める親友で、長谷川が主宰する「我等」にも寄稿した。

昭和21年に旧満州国（現中国東北部）から引き揚げた多摩の家族が生活に困窮し、多摩と3女の淑子、4女の美代子と共に

杉丸太を敷き詰め光が通る土間

小田原に暮らした時期があった。当時、幼児だった美代子は忠彦とはあまり話すこともなかったが、「優しく守ってくれる人」だったと話す。最高裁長官就任後も3人は小田原に世話になっていたようで、美代子は、陛下からいただいた「鴨」をうやうやしく食べたと記憶している。陛下から鮎や果物をいただいた記録も残る。一方、「終戦当時陛下は何故に自らを責める詔勅をお出しにならなかったか」という発言が物議をかもしたこともある。

【初代最高裁長官に抜てき】

昭和22年5月3日に日本国憲法が施行され、8月4日に初代最高裁長官三淵忠彦が誕生した。この年の5月の裁判官任命諮問委員会の答申には別の3人の名前があったが、4月の参院選、5月の衆院選で社会党が第1党になり、吉田茂内閣から片山哲内閣に政権が移った。連合国軍最高司令官総司令部（GHQ）は遅れていた最高裁判事の任命を「新しい内閣」で選定することにした。当時の鈴木義男司法大臣（福島出身）が忠彦を片山に推薦したことで、7月の諮問委で最高裁判事候補の中に入り、長官としての白羽の矢が立った。三淵は片山とも旧知の仲だった。また、会津藩主松平容保《かたもり》の4男、恒雄が参院議長で諮問委の委員であったことも寄与したといわれる。

8月の皇居での長官親任式に忠彦は借り物の礼装用のモーニングで赴いた。空襲で家を焼かれて貧しかった。最高裁仮庁舎のあった枢密院で、30人ほどの新聞記者に囲まれた忠彦は「国民諸君へのあいさつ」と題して「裁判所は国民の権利を擁護し、防衛し、正義と衡平とを実現するところであって、民主的憲法の下にあっては、裁判所は真実に国民の裁判所になりきらなければならぬ。国会、政府の法律、命令、処分が憲法に違反した場合には断固として憲法違反たることを宣言し、憲法の番人たる役目を尽くさなければならない。法律の一隅にうずくまっていてはならない」と話した。

最高裁発足の翌日、GHQの最高司令官ダグラス・マッカーサーと面会したようだ。手帳に「Mac」とある。さらにホイットニー民政局長があいさつに来て、裁判官ひとりひとりとあいさつを交わした。真に民主的な裁判所のために、判事らは意気盛んだったという。

当時の裁判官の待遇は低く、ヤミ買いを拒んだ裁判官が餓死する事件も起きた。昭和23年3月29日付けで、忠彦はマッカーサーに書簡を出し、裁判官報酬制度確立の道を開いた。残された給与明細によると、長官の手取りは23年1月には4175円だったが、25年1月後期分は14824円だった。これはサラリーマン平均月収の2倍強のようだ。現在の最高裁長官の月額報酬は首相、衆参両院議長と同じで、公務員の中で最も高い水準である。

大きな事件が頻発した時代、国家が裁判の判決に異を唱え、司法の独立のために最高裁が激しく抗議した浦和事件や最高裁判所誤判事件などもあった。慶応病院の診断書によれば「急性限局性腹膜炎」とあるが、実は回盲部の悪性腫瘍に侵されていた忠彦は23年10月から24年5月末まで約8カ月、病床にあった。このため衆院訴追委員会で辞職を勧告された。最高裁が誤判する事件も起き、過労が続き、体力は奪われた。辞職は免れたものの、直後に事務総長に日付を空けた免官願いを渡した。

昭和25年2月14日には最高裁の中で倒れ、意識を失う。

3月2日に定年退官。周辺では極端な悪口を言う者はなく、「最高裁判所をして品位を向上させることに大きな役割を果たしたことは認めていい」というのが賞賛する人々の一致した意見だったそうだ。

カトリックに入信し、アッチスノ・聖フランシスコというクリスチャンネームを得た。最晩年の新聞の切り抜きが2枚見つかり、忠彦の写真が掲載されている。いずれもやつれているが、病床でたばこを指にはさんでいた。

そして7月14日、公邸で息を引き取った。小田原に戻り、自然に囲まれながら、親友の松永や長谷川らとの時を過ごすことを望んだというが、衰弱がひどかったようで、それはかなわなかった。公邸は昭和3年に建てられた富山県の豪商の邸で、木造2階建て敷地面積3837平方メートル。都心に残る大規模和風建築として平成26（2014）年に国の重要文化財に指定された。

葬儀は東京・四谷の聖イグナチオ教会で営まれた。物置の茶箱から見つかった菊の御紋の入った黒塗りの箱には布かと思うような厚手で幅50センチ長さ60センチの和紙が入っており「祭粢《さいし》料（天皇が葬儀に下賜する金員）金貮千圓」と「花壱対」と書かれた目録が収められていた。天皇、皇后、皇太后陛下から戴いたものだ。葬儀に参列した多摩の長女、高子や2女、和子は確かに天皇からの花があり、驚いたことをよく覚えている。長谷川は弔辞で「君は法律家でした。それ以上に人間でした。法律家であって、ヒューマニズムに立った人でした」と悼んだ。

病床でたばこを指にはさんでいる忠彦、最晩年の写真

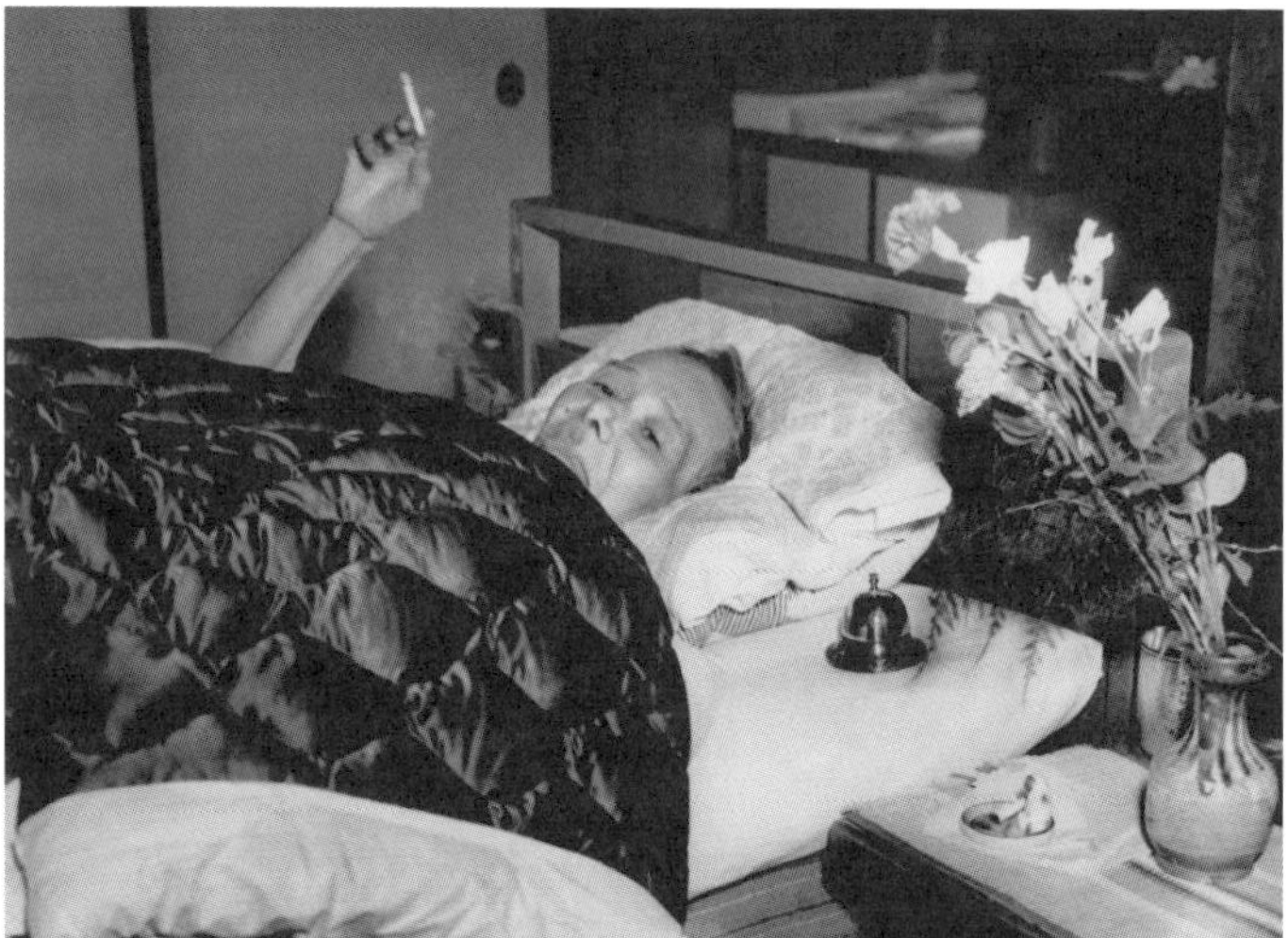

忠彦自筆の色紙。「精義入神」は『易経』の言葉で、精密に道義を研究し神の領域に到達することの意。(「博聞強記は聡明の横なり　精義入神は聡明の竪《じゅ》なり」『易経』より)

小田原の家の物置には勲二等瑞宝章、数多くの弔電、お悔やみの手紙が８００通以上など約千点の物が残されていた。最高裁長官の任命状やGHQからの弔電もある。古くて大きな革のかばんの中には年賀状や手紙、『世間と人間』への礼状も多い。たくさんの人たちと丁寧に関わった人柄がしのばれる。また、新聞や雑誌に寄稿した文章も何通か出てきた。食べ物の話しも多い。柔らかい話しを、ユーモアを交えて書いたから重宝されたのだろう。ほかに、鰻屋で随筆家の宮川曼魚と夏目漱石門下生の内田百閒との鼎談「逢坂閑談」も残る。

「裁判官たるものは、眼界を広くし、視野を遠くし、政治のあり方、社会の動き、世態の変遷、人心の向き様に、深甚の注意を払って、これに応ずるだけの識見、力量を養わねばなりませぬ。人格を磨き、人品を高尚にしなければなりませぬ」

就任会見でこうも語ったという忠彦が、初代最高裁長官という大役を担ったのは必然だったと思える。

付録

衣、食、住のこと

三淵忠彦　寄稿

『美しい暮しの手帖　第七号』昭和二十五年季刊第一号より

福澤諭吉先生は衣服には無頓着であった。「衣服の流行など、何が何やら少しも知らず、又知ろうとも思わず、唯人の着せてくれるものを着て居る。あるとき家内の留守に、急用が出来て、外出のとき、着物を着替えようと思い、箪笥の引出しを明けて、一番上にあるのを着て出て、帰宅の上家内の者が、私の着て居るのを見て、それは下着だと云って大に笑われたことがある。殺風景もちと念入りの殺風景で、決して誉めた話でない」と『福翁自傳』に書いてある。

私も衣服のことは、皆目知らぬ。柄、織、縞、染、仕立、縫など、何ひとつ知るところがない。家内にあてがわれた着物を、そのまゝ着ているだけである。しかしこれは良くない。男でも一通りは着物の常識を持つべきである。自分の姿、容を整える為には、どうしても衣服の選択に注意せねばなるまい。自分の趣味、嗜好に適する服装を着けるようにありたいものだ。

自分の衣服には無頓着でも、他人の服装を見ると、上品に、気高く、奥床しい様子もあれば、下品に、賤しく、いやらしい様子もある。仕立方にも依ろうし、着つけにも依ろう。仕立の巧みな着物を、上手に着こなした姿、容は、またなく美しい。仕立にも、着つけにも、それぞれの苦心があるべきだ。先日、舞踊家の五條珠實さんが訪ねて来られて、始めて御目にかかった。良くはわからぬながらも、服装の好み、衣服の仕立、その着こなし、いずれも少しの隙もなく、美事であった。流石は高名な舞踊家だけあって、その服装に気を配り、意を用うること、格別であると感心した。

服装も、工夫と創意とで、どんなにもなる。心掛一つで、簡素であって、清らかな、奥床しい姿、容を整えることが出来る。徒らに豪華な服装をした婦人などは、却って見苦しく見えるものだ。

住居は簡素なのが良いと思う。大仕掛な立派な邸宅ほど住み悪いもの〻ようだ。大きな家で掃除の行き届いたところは少い。違棚に真白くほこりがたまっていたり、掛物がゆがんでいたり、すがれた花が、そのま〻床の間に残っていたりするのは日常普通に見参する風景であろう。茶の間や、台所の乱雑さなどは、あたり前だと思っている人が多いように見うけられる。自分の生活に比して、手張った家に住めばこそ、整理も掃除も行き届かず、見苦しい様子を示すものであろう。

私は十余年前に、建築家の佐藤秀三さんに、たのんで小田原に、三十坪ばかりの家を建てた。東京の宅が戦災で焼けたので、今では小田原の宅が私の唯一の住居である。佐藤さんにお願いするとき、玄関のない、床の間のない、そして一切の装飾のない家をと注文した。佐藤さんは、その通りに建てゝくれた。この家は簡単ではあるが、清楚である。玄関はないが、南から北へ土間が通っている。この土間は夏になると椅子を置いて、応接間になる。涼しい風が吹きぬける。床の間はないが、茶掛ぐらいは掛けられる。壁も釘がうってあるので、花生けも掛けられる。装飾のないのは、さっぱりして気持が良い。掃除には容易である。妻は家の内を、私は家の外を、毎朝丹念に掃除する。いつでもすがすがしい気持である。その間に一碗の茶を啜る気分は何とも謂われぬ。

食物も簡素なのが好ましい。物の味を活かして食うのが料理の本則であろう。近頃の料理屋の料理は、いろいろと細工をして、うまく食わせようとするのであろうが、細工が過ぎたり、いじくりまわしたり、こねくったりして味が脱けてしまったような気がして、私は好まない。どんな田舎へ行っても、料理屋や旅館の料理は版に押したように、きまりきって、少しも新鮮味がなく、地方色がない。各地方には、それぞれ、地方特有の食物と、地方特有の料理があって、それが頗るうまいのに、そんなものは、お口に合うまいとて、姿を見せぬのは、心細い。私は三年前に、京都へ行ったとき、鶴屋と云う旅館に泊まった。女将が来て、何か料理に御注文はありませんかと云うから、私は、ゆばを煮て食べさせてもらいたいとたのんだ。そのゆばのうまかったこと無類であった。ゆばもゆばの煮方も京都特有で、他所では、到底この味は味わえぬ。

簡素な食物で、うまいものは数限りもなくある。季節外れの野菜や、遠隔の地の魚貝を取寄せて、珍らしいものを食わせて自慢する料亭がある。しかしこれは只珍らしいと云うだけで、決してそれほどうまいものではない。うまいのは、その土地の季節の食物である。われわれの生活には、特に珍らしいものなどは、凡そ無用の沙汰だ。生活を愉しく、朝夕を幸福に送るには、諸事簡素にして、生活自体に工夫と創意とを加えるに越したことはあるまい。

『美しい暮しの手帖 第七号』表紙

三淵忠彦をしのぶ

忠彦が没して10年余、財団法人法曹会は冊子「法曹」（昭和36（1961）年7月号）で「特集　三淵前長官をしのぶ」を掲載した。本人の原稿のほか、31人が忠彦について書いている。

三淵忠彦　「私の見た私と云ふ男」（全文）

私の家はもと萱野と云った。世々会津藩の家老であった。食録二千五百石と聞いている。戊辰当時の萱野権兵衛は私の父の兄であった。会津落城の後、権兵衛は朝敵の責を一身に負ふて、主謀と云ふ名の下に調停から死を賜った。そして家は断絶仰せつけられた。墓は白金の興禅寺にある。旧会津藩の人々は今でも毎年その命日に法事を営んでくれる。萱野家断絶の命を受けたときに、私の父は三淵姓を名乗った。これは父が会津籠城の囲を脱して荘内藩へ使者に行ったとき、姓名を変じて三淵新九郎と称したに因んだものであるそうだ。家名断絶の禁はその後解かれるようになって、今では私の次男が萱野の姓を立てている。

私の父は戊辰艱難の後、父母を奉じて諸国に流浪し、郡長などを勤めていた。私が二十一のときに東京で死んだ。

私の母は会津の人佐野貞次郎の長女で私が二十三のときに同じく東京で死んだ。

私の兄弟は四人あったが、私の兄と弟とは共に死亡して、今は私と姉との二人のみである。姉は庄内の人堀維孝という者に嫁した。堀は学習院の教授を勤めている。その長男は昨年法科大学を卒業して、今は農商務省に勤めている。次男は第一高等学校に、長女は第三高等女学校に何れも在学している。その弟は小学生徒、末弟はまだ学齢に達していない。

私は明治十三年に岡山で生まれた。父に伴われて各地に転住した。明治三十八年に京都の法科大学を卒業して、司法官試補となり、明治四十年に判事になって、今日に至った（目下年俸金四千百円）。裁判所の余暇、慶應義塾大学法学部、経済学部で民法の講義を担任している（目下の報酬月に金百六十五円）。約十年位継続している。其の他には判事検事弁護士試験委員、特殊権利審査員、弁護士法改正調査委員と云うような仕事を嘱託されて、其の方の仕事をも取り扱っている。一事に専らなること能わずして、始終雑務に忙殺せられている。

私の妻は小泉忠武と云う私の父の友人の長女であった。明治三十八年に結婚して、三男一女を生み、今年の夏、心臓病で死亡した。妻には二弟、一妹ある。長男は小泉丹、動物学専攻の理学博士、目下台湾総督府の技師、明春東京へ引き揚げてくる筈になっている。次弟は小泉鉄、慶應義塾の独逸語の教師を勤めていたが、今はやめて、雑誌「白樺」の編さんと、大原研究所の嘱託をしている。妹は藤田輔世という理学士に嫁した。藤田は単身蘭領印度のセレベスへ行って、真珠の養殖をやっている。

私の長男は十七になる。成蹊中学の四年生。次男は十五、麻布中学の二年生、三男は十二、小学校の五年生、幼妹は九つ、小学校の二年生。

私の家には財産はない。私の勤労によって衣食している。食うこと丈は出来そうである。それも極めて貧しき食い方であることは勿論である。尤も今住んでいる家丈は自分のものだ。猫の額ほどの田地があるが、幾許の収入にもならぬ。殆ど云うに足らぬ。

私は無器用な男だ。それも並外れの無器用である。碁や将棋も知らなければ、玉突トランプなども出来ぬ。ボートも漕げねば、テニスも出来ず、君が代一つ歌うことさえ出来ぬ。自分でもあきれる位だ。

私は無精な男だ。書斎の整理などさへやる気にならぬ。机の上の乱雑さなどには自分ながら愛想がつきる。身の廻りのことなども、何一つ自身では解らない。万事が妻まかせであった。

出典:「法曹第百二十九号　特集　三淵前長官をしのぶ」(1961年7月号)

私の父は会津では聞へた書の上手であり、和歌にも堪能であった。重厚な君子人で、立派な人であった。けれども私は父のような立派な人ではないこと丈は、確実である。極めて粗野な男である。父に似たところは鈍重な丈である。そのくせ、せっかちで、そそっかしい。鈍重なところと、せっかちで、そそっかしいところとは、一寸《ちよつと》矛盾しているようであるが、私はその何れをも兼ね具えている。

私は信仰と云うものを持たぬ。宗教に走ったことはついぞない。両三年の間に、父も、母も、最愛の弟も、相踵いで死んでしまったときは、天地も真暗になったような気がして、殆ど失神してしまった。学校もやめてしまい、旅から旅へと渡り歩いた。そのときでも神を呼んだことはなかった。宗教家の門を叩いたことはなかった。酒を被って自分を麻痺させると云うようなことは勿論しなかった。併かしこれは私が強かったからではない。私は弱い男である。

私に何の取り柄があるか。私は知らない。私は今法律家、裁判官として衣食している。併かし私は決して自分が法律家に適しているとは思わない。むしろ法律位嫌いなものはないと思っている。一体私は天性、勝負事が嫌いだ。角力でも、ボートでも、撃剣でも、柔道でも、テニスでも、玉突でも、トランプでも、碁でも、勝ったり、負けたりする事を、自分でやったり、人のやるのを見たりすることが大嫌いなのだ。裁判は人々の争いをさばくことだ。どうして自分が裁判官に適当だと思われよう。只公正を愛する心のみが、十数年間に亘って、私を裁判所へ繋いで置いてくれたのだ。

私は酒は飲まぬ。煙草は吸うけれども味は解らない。芝居は好きだが滅多に見に行かぬ。能は子供のときに、父に連れられて、毎月、松本金太郎宅の月並能に出かけたが、それがいやでたまらなかった子供心が、いつの間にか反感に変わっていて、ついぞ行って見る気にならぬ。旅行は好きだが、近頃は出かけるに懶《ものう》くなって来た。音楽は更に解らない。音楽が好きになれたらばと思うことはあるのだが、解らないのだから致方がない。勝れた上手の音楽ならば、解らぬながらも感動させる筈《はず》だと思って、いつかヂンバリストと云う人の音楽を聞きに行ったことがあったが、皆目わからなかった。自分では耳に生理的欠陥があるのだとあきらめている。絵画を見ることは好きだが、これとても格別の鑑賞力があるのではない。只書架の書籍を乱抽して、漫読して日を暮し、夜を明かす位が唯一の楽しみである。狭斜の趣を解する位の風流児ではない。

健康は普通であろう。格別の病気もない。只眼は悪い。耳にも故障があるそうだ。

要するに私と云う男は極めて平凡な、何の取り柄のない只の男だ。これが私の見た私と云う男に対する外的並に内的の観察の大要である。（大正十一年十一月七日夜記）

（これは、今回、はじめて見ましたが、父の自筆の原稿に相違ありません。母の実方白鳥の家に保存してあったことと、その日付けから見て、父が今の母と結婚する前に、母の兄白鳥堯助に手渡したものと思われます。　乾太郎記）

元慶應義塾長小泉信三氏は「**三淵さんと会津**」と題した文を寄せた。最後にあったときのことが思い出されるとし、非常に衰弱していたものの、しっかりした声とゆったりした語調で次のように語ったという。

「小泉さん、私は最高裁長官に就任したとき、本間君（当時・最高裁判所事務総長本間喜一氏）に言いました。『ねえ、本間君。われわれは天下の大道を歩こうよ。よしや抜け道や裏道があって、そのほうが近いということがわかっていてもそれはよそう。河に橋がなければ、橋を架けて、そうして渡ろう。変則の行き方はよそうよ』と言いました。私はそれだけはやって来たつもりです。先日本間君に会って『本間君、君、憶えているかい、僕が就任の始めに言ったことを』といったら、本間君はよく憶えていると言いました」

小泉氏は、ひとつの経歴を終える際、これだけのことを言うことに感服している。

「三淵さんの物の見かたは、ある意味ではコスモポリタンであったが、反面、三淵さんは強い郷土愛国者だった」とし、「三淵さんが幾分の手真似をまじえ、青年の情熱をもって伯父（会津藩の重臣萱野権兵衛）の死を語ったときの顔色をよく憶えている。ある意味で三淵さんの生涯を貫くものは、この会津武士の精神であったといえると思う。したがって機略に富むというタイプの政治家を衷心好まなかった」と続けた。

さらに次のようなエピソードを明かした。「江戸城総攻を前にして十五代将軍徳川慶喜の命乞いのために苦心する勝海舟と山岡鉄舟を描いた」歌舞伎「江戸城総攻」を面白く観たと忠彦に書き送ったところ、その返事は「自分は勝を好まぬ」という人物論だったという。「偏狭とか頑固とかいう批判に、およそ縁遠い三淵さんが、このような勝海舟観を抱いていたことは、一つの発見だった」としつつ、これも「会津精神の一の発露」と見ている。秩父宮勢津子妃の結婚に、会津の人々が抱いた感慨、「明治維新前後の会津の人々の鬱屈と、訴えるところなき不平とを知り、その心を最も知る」のが忠彦だったと。そして「三淵さんは法官であり、法学者であるとともに進歩的思想家であった。新しい思想に深い理解をもつ三淵さんは、また君臣の情誼というようなものを、どこまでも物堅く考える人であった。三淵さんは、そういう人であった」と締めくくっているのである。

忠彦を最高裁長官に抜てきした**元首相の片山哲**は「**三淵氏の思い出**」と題し、「三淵忠彦氏に初代の最高裁判所長官になって貰《もら》ったことは、片山内閣の唯一の功績であるという説がある。それほど三淵先生を最高裁の長官に就任せしめたことは好評であったのみならず、後々に至るまで大出来であったと褒められる」と書き起こした。

当時の鈴木義男司法大臣の申し出に決定した理由は二つあったとし、「一つは、私共が大正8年頃、法律の民衆化を叫び、官僚的権力主義一点張りの法律の改正、悪法の廃止、労働法の制定、家庭裁判所法の実施を叫んだことがある。裁判所側からは、三淵忠彦、尾佐竹猛の諸氏は個人の立場で、盛んに筆に、口に、法律の民衆化に声援を送られた。私は当時から三淵氏のなかなか幅広い見識と豊富な情操に感服しておった」と書く。

法律の民衆化の講演会（大正10年頃）での忠彦の演説について「実に堂々たる大演説で深く敬意を払っている」と言及し、「すこぶる進歩的な裁判官であり、知識人、文化人であるという印象を多分に与えておったのである」と評した。

長官就任を勧める役割を担った**元最高裁判事の井上登氏**の「**三淵さんの思い出**」にはこう書かれている。

司法大臣鈴木（義男）さんの依頼で、長官就任をすすめることを喜んで引き受けたが、大変なことだった。忠彦について「いわゆる大臣病というようなものを毛頭持っておられないし、また、受ける気がありながら勿体ぶって一応断るというような、いやな芝居気など全然持ち合わされない方」と受け止めていた。

忠彦は「今さら自分など出る幕ではない」というようなことを繰り返し、なかなか「うん」と言わないため「片山内閣が三淵さんを選んだことは、同内閣が新たに日本において成立させなければならない民主政体では、〝法の優位〟が要件であり、したがって最高裁判所が何ものよりも重要であることを認め、出来るだけいいものを作りあげようとする十分の誠意を示すものと見なければならない、そういう誠意がなければ、内閣総理大臣と同格のこの重要な地位に三淵さんを持ってくるはずがない。もし三淵さんが受諾されず、その結果、とんでもない人物が就任するようなことがあったらそれこそ大変である。もし他により以上の適任者があるとお考えなら、どうか御指名を願いたい」と説得に当たったところ、忠彦は翌朝「自分はその任ではないと思うけれども、最後の御奉公と思ってお引き受けする」と答えたというのだ。「実際は十分の自信を持たれ、また自分以上に、この大任を任せられる人はいないと考えられたに違いないと思う。三淵さんは自信なくして無責任に大任を引き受けられるような方ではない」。井上氏は忠彦を思い出す際、「以て六尺の弧を托すべく以て百里の命を寄すべし」の言葉が浮かんでいたという。

萱野家のこと

本橋由紀

会津における萱野家は、寛文６（１６６６）年に没した権兵衛長則を始祖とする。忠彦の伯父の権兵衛長修は９代目、妻はタニである。長修は明治２（１８６９）年にただひとり、戊辰戦争の責任を取って5月18日42歳で自刃した。家老の田中土佐、神保内蔵助はすでに亡く、西郷頼母は逃亡していた。長修の長男は家督を継ぎ後に高田伊佐須美神社の宮司になったという。

萱野の家は家名断絶となり、2男の長正（乙彦）と3男の寛四郎（幼名虎彦）は「郡」の姓を名乗った。４男の五郎は10歳で死亡した。ほかにユウ、イシの2女がいた。

長正は選ばれて、明治3年に福岡県の小倉にあった「豊津藩校育徳館」に留学した。しかし翌年、16歳で自死した。理由はわからない。母親からの手紙をめぐり、武士としての辱めを受けたためという説は創作だと言われる。長修、長正は福島県会津若松市にある天寧寺にまつられており、会津の士魂を後世に語り継ぎ、後進を育てている「会津士魂会」により供養・顕彰されている。白金興禅寺でも墓前祭が行われている。

寛四郎は岩崎弥太郎が開設した三菱商船学校に1期生として入学。卒業後、郵便汽船三菱会社（後の日本郵船株式会社）に入社した。明治34年に日本人初の欧州航路の船長となった。妻は登美。忠彦が世話になった石渡敏一の妹である。

寛四郎が大正2年、台湾から神戸行きの信濃丸の船長をしていた際、中国から亡命した孫文が乗船。内務省の命で警察官が信濃丸を捜索した。寛四郎は孫文を船内の小部屋にかくまい、その上陸を助けたという逸話が残る。

寛四郎の養子となった虎彦は、登美の姉・錫《すず》の6男として生まれた。明治35年から石渡敏一の家に寄宿した。忠彦がいた時期と重なる。「郡虎彦～その夢と生涯　杉山正樹著」（岩波書店）によると、学習院高等科2年在学中の明治43年、志賀直哉、武者小路実篤らによる「白樺」派に最年少の同人・萱野二十一として加わった。その後入学した東京帝国大学を中退して、ヨーロッパに渡り、戯曲が評価された。三島由紀夫にも影響を与えたという。

長修の2女、イシの長男静雄は虎彦の死後、寛四郎の養子となり、2男の光雄は静雄の死後、寛四郎の養子となる。光男の長男荘一郎は拓殖大学副学長、名誉教授を務めた。

（「会津士魂会」「福島県中国交流史学会」等の記録より）

残された手紙から

若林高子

小田原の家には８００通以上の手紙が残されていた。

松永安左エ門からの手紙

親友の松永安左エ門から三淵忠彦あての手紙は複数あり、挿絵入りのものもあった。１通は昭和20年7月17日の小田原空襲の翌日に出されていた。

拝復　この度の御罹災まことに御同情の限り　帝都への敵来襲のことを新聞にて承ふるは居ながら　いたいたしいものと申し、今後は考えながらこの〇〇〇

（以下1行読解不能）

この頃　人たちの中には元気な言葉を吐き　かかる災禍　却って幸なりなど申しをるものも　先生へ凡俗の悲しさ　やはり災を災として憂え　悲しきことは悲しく感じ方　却ってその後の元気一層出て来んかと存じ　先生は今回兄の〇〇〇と対して一層御同情申上ぐ　尚決して御力落し無く一層元気に御活動―　尤も見た〇〇〇　既に全く楽隠居となろうとも　それはそれで又よろしく　真の楽隠居としての活動―　磯田先生のことをも申上げやうもなく

一向各地の消息ふれつつも〇〇〇に至り　ようやく東京方面の親類の中にも罹災しのよくあることを知りつつ　長谷川君も罹災のよし　御手紙によって始めて承った次第なり

帝都いたるところ敵襲の目標とはなる所も　敵機襲来の途中にある人々は空前絶後の状況となり　極めて小規模ながら多く壕などろくなものは出来ず

松永安左エ門から届いた挿絵入りの手紙（両ページ共）

疎開もダメ　素早く手をくれとなり居り　〇〇〇心はあせっても物材とてなく人手は払底し都合つかぬと申し　いささか〇〇〇が　昨日知人　二三日の中に来て自分で壕の改築をやってやろう―極めて不完全なるとの〇〇〇つつあり―とのこと

個人的とは申せぬが、一体このさき帝国の前途如何に為すべきや　何のやくにたたぬと知りながら大いに心配して居り

かへすがへすも御一同さま御大切にされたく　早々頓首

七月十八日

署名

三淵さん兄　侍史

忠彦と石渡鉚子の往復書簡

鉚子あて　最高裁長官就任の祝への返事

三淵忠彦

拝啓　残暑こと殊きびしき節、益々御安泰の由　当方無事

この度は、長官就任に際し、御鄭重なる御祝辞を賜り、ありがたく御礼

当方　小田原に隠退仕り、法律方面とは全く絶縁仕りしが、再び裁判所に復帰
風を吹き廻らし　勧誘を受け　老人の冷水の感有之
何事も御申しあらば　これより着々、新しい制度をつくりたく
これ頗る大任にして　重荷に　最後の御奉公
と覚悟いたせば　いづれ官舎も出来て都会に住
まうことに　それ迄は当地より通勤いたす所存
貴方様の御祝辞を拝読仕り、涙のこぼれるほ
ど嬉しくなりし。
先生（石渡敏一）御在生なりせば　如何ばかり
か御よろこび下されし事と、感無量に御座候。
松平議長（会津出身）も大よろこびされ
また小閑を得し節には、多磨墓地へお参りい
たしたく
その折にはお目にかかり

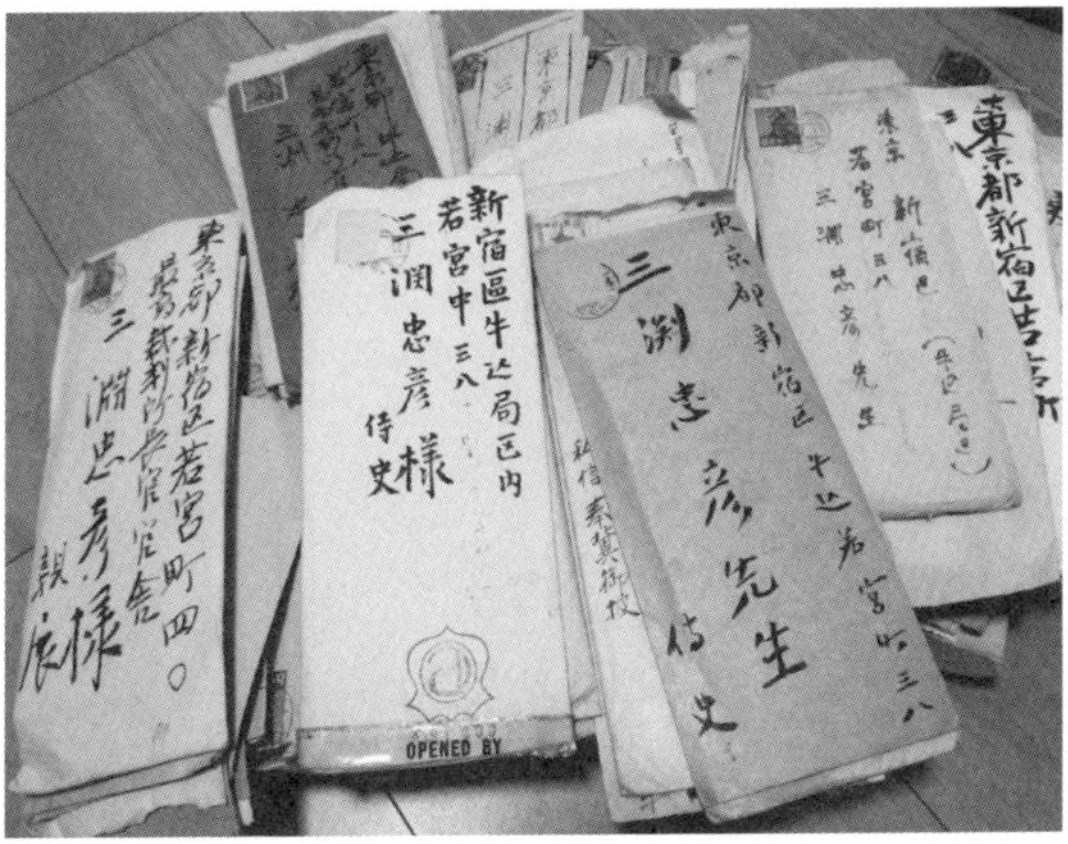

忠彦あて　最高裁長官引退の折

石渡鉚子

このほどは御滞りなく御任務を果たせられ御引退のこと深く御歓び申上候　此上は折角御静養いのり上候　今日は御誕生日御祝の御品賜り早速に頂戴いたしありがたくいつも乍らのご厚情御礼申上候　私事少しづつは起ち居も自由に相成り申候　此分なれば近日全快の目あてつき申候　とりあへず御礼まで申上候

かしこ

御赤飯のおかげんよろしく塩焼鯛の御風味至極ありがたくかへすがへす御礼申上候
先日御下賜の果物くさぐさの御菓子の御福分うれしく存じ候

三淵　御両方様
昭和25年3月3日

小田原・板橋と三淵忠彦邸

寄稿　NPOたいとう歴史都市研究会　椎原晶子

【小田原・板橋の歴史】

神奈川県小田原市板橋は、小田原市の中心部、早川の北岸にひろがる。

戦国時代、北条氏康が小田原を治めた時代、「小田原早川上水」に板の橋がかけられていたことから「板橋村」と名がつく。小田原城に隣接し、府内の守りとして堀や土塁が築かれ、域内には多くの寺社が建てられた。

明治以降、鉄道の整備に伴い、小田原の海岸沿いが別荘地となるが、明治25（1892）年の小田原大海嘯で海岸部が大きな被害を受けて以降、板橋の山側に別荘が多く建てられた。当時の政財界人の中で茶人としても名高い近代数寄者が別荘を建て、茶室や庭を備えて、互いの文化交流の場とした。山縣有朋の古希庵＝明治30年築、益田孝（鈍翁）の掃雲台＝明治29年から造営、清浦奎吾の皆春荘＝明治40年土地購入、大正3年（1914）古希庵に編入、大倉喜八郎の山月＝旧共寿亭、大正9年築、松永安左エ門（耳庵）の老欅荘＝

昭和21（1946）年に移住、などがある。詩人の北原白秋も大正7年、隣接する現城山地区の伝肇寺寺内に「みみずくの家」を建てて移住した。

【三淵忠彦と小田原・板橋】

同じ頃、板橋は、別荘を持つ人々の交流、静養の場ともなっていた。山縣有朋の側近でもあり、司法大臣、内務大臣等をつとめたあと、内閣総理大臣となった清浦奎吾は古希庵の隣地に別邸を構えた。

この地に別荘を持った三淵忠彦（1880〜1950）は、会津藩士・隆衡（家老・萱野長修実弟）の子として生まれ、戦後昭和22（1947）年に初代最高裁長官になった。

忠彦の父と同じ会津藩士で、明治維新後、大審院判事も務めた西川鉄次郎（1854〜1932）も、退官後小田原に住み、葬儀は板橋の丘の中腹・興徳寺（曹洞宗）で行われた。同郷、同業の三淵とも交流があったのではないだろうか。

興徳寺の東隣にある霊寿院（曹洞宗）には、三淵家の墓があり、忠彦の父母と自身、妻、息子らが埋葬されている。忠彦邸はこの霊寿院のすぐ南の同寺の借地内にあり、「古希庵」の東隣にある。木造平屋瓦葺き、玄関から路地に見立てた丸太敷の廊下を経て、座敷や茶室にあがる、近代的な数寄屋風住宅である。南には広い芝生の庭を備え、東にはみかんや檸檬、梅の実のなる果樹園のある小田原らしい別荘住宅である。親族によれば、遅くとも昭和10年代に建てられていたことになる。その頃、本宅は東京渋谷にあった。

忠彦と妻の静は茶道に親しみ、板橋の家には茶室が設えられた。同じ板橋に住んだ近代茶人、実業家の松永安左エ門や、批評家の長谷川如是閑らとも親交を重ねた。忠彦の趣味は読書で漢籍に親しんだ。三淵邸は、小田原板橋の茶人、文化人の交流の場にもなっていたと考えられる。

芝生の庭のある三淵邸　甘柑荘
（撮影・上谷玲子）

庭先で犬と遊ぶ4男の燦四郎
（P.37「飼犬の事」）

小田原・板橋　三淵邸平面図

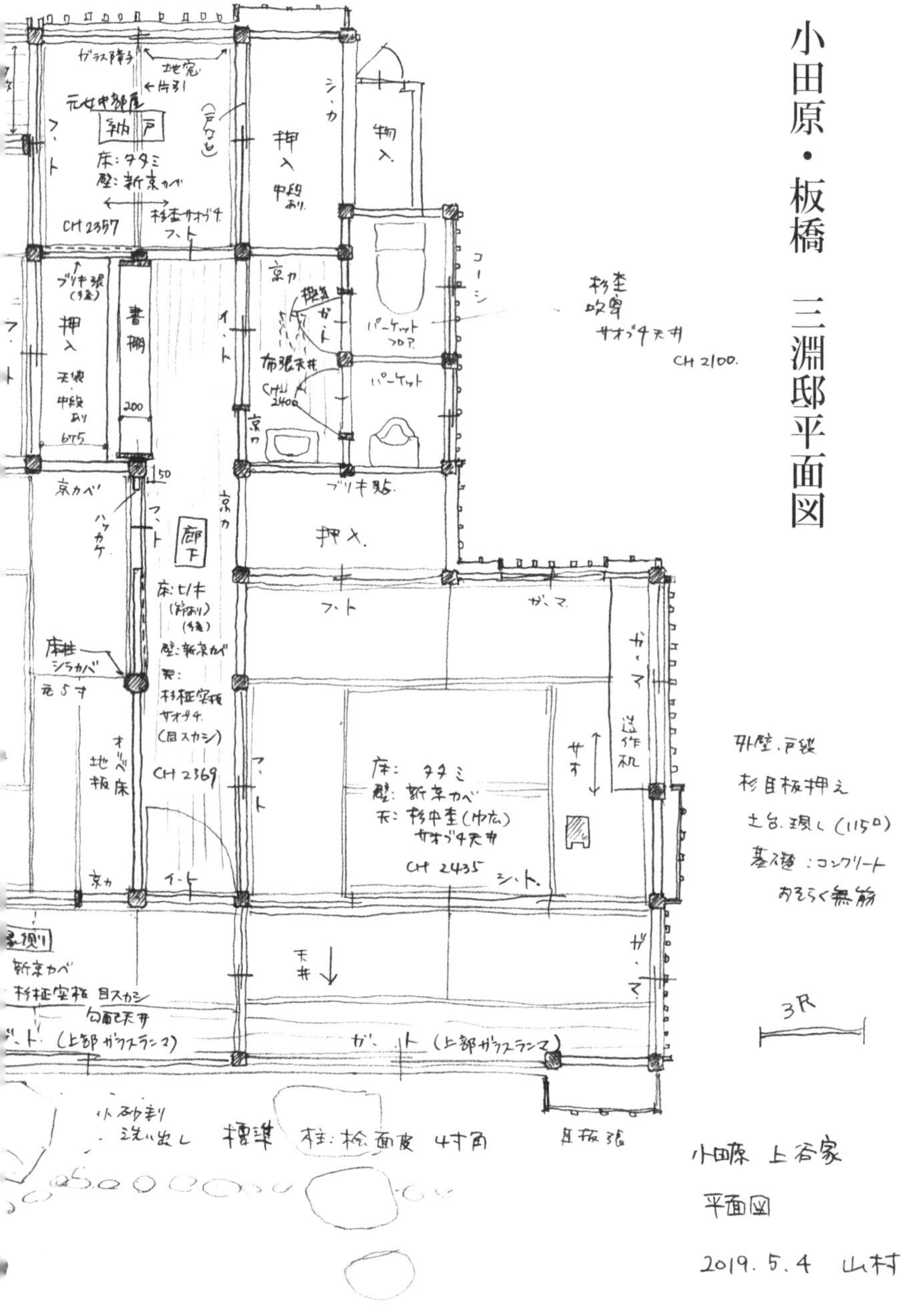

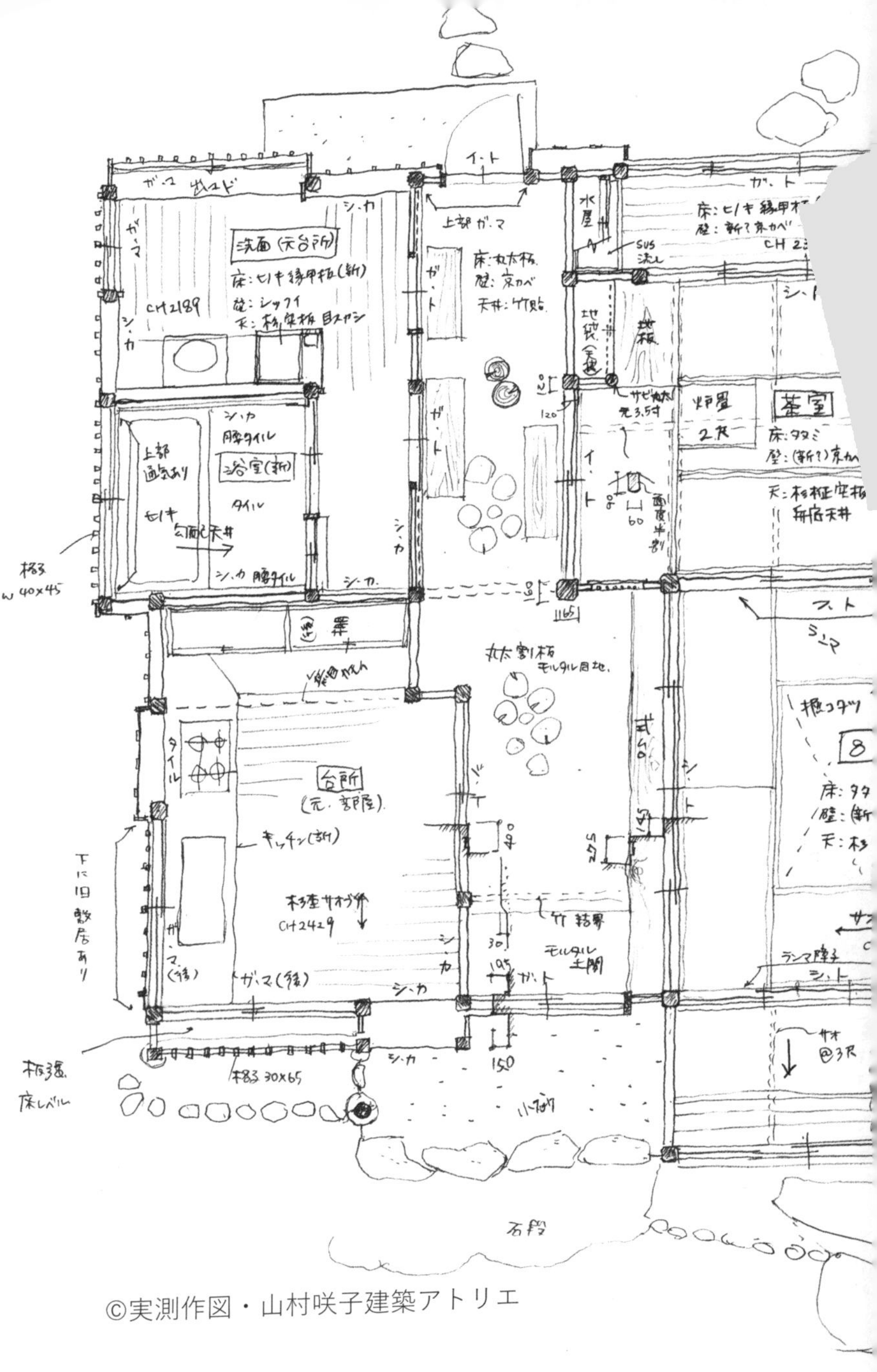

©実測作図・山村咲子建築アトリエ

三淵忠彦　年譜

（随筆中の年齢は数えと思われ、年譜の齢と違う箇所があります）

年	齢	月日	概要
明治13（1880）	0	3月3日	岡山市で萱野安之助改め三淵隆衡と登喜の次男として生まれる
			本籍は福島県会津若松市
27（1894）	14	秋	会津中学校（現福島県立会津高等学校）から荘内中学校（現山形県立鶴岡南高等学校）へ
31（1898）	18	春	荘内中学校卒業、第二高等学校（現東北大学）に進学
？			東京帝国大学法科入学
33（1900）	20	4月	父隆衡死去
36（1903）	22	3月	母登喜死去
38（1905）	25		宮城控訴院判事である小泉忠武の長女久子と結婚
		7月	京都帝国大学卒業
		12月	司法官試補
40（1907）	27	11月	東京地方裁判所判事に任官
41（1908）	28	6月	長野地方裁判所判事
		8月	東京地方裁判所判事
45（1912）	32	2月	東京地方裁判所部長
2（1913）	33	5月	慶應義塾大学法学部と経済学部で民法を講義

年	年齢	月日	事項
11（1922）	42	夏	妻久子死去
		冬	白鳥静と再婚
12（1923）	43	12月	大審院（最高位の司法裁判所）判事
13（1924）	44	12月	東京控訴院上席部長
14（1925）	45	6月	退官
			三井信託株式会社の法律顧問に就任
昭和11（1936）？	56		小田原・板橋に別荘を建てる
15（1940）	60	3月3日	三井信託株式会社を辞任し自由勤務の法律顧問に
17（1942）	62		慶應大講師を辞める
20（1945）	65	5月	渋谷の自宅が戦火で焼失
		6月	小田原・板橋に移住
22（1947）	67	8月4日	初代最高裁判所長官に任命される
23（1948）	68		病気治療のため8カ月登庁不能になり問題視される
24（1949）	69	5月	登庁再開
			最高裁判所誤判事件
25（1950）	70	2月14日	裁判所内で倒れる
		3月2日	定年退官を病床で迎える
		3日	カトリックに入信
		7月14日	回盲部腫瘍のため死去

参考文献

「法律のひろば3号」（ぎょうせい）＝昭和25（1950）年3月　石田麻雄「三淵忠彦野に帰る」
「美しい暮しの手帖」＝昭和25（1950）年5月　三淵忠彦「衣、食、住のこと」
「法曹21号」（法曹会）＝昭和25（1950）年8月1日　長谷川萬次郎「三淵さんの霊にささげる」
「石渡荘太郎」（非売品）石渡荘太郎伝記編纂会編＝昭和29（1954）年11月4日発行
「石渡家のこと」
「法曹129号」（法曹会）＝昭和36（1961）年7月20日「特集三淵前長官をしのぶ」より
三淵忠彦「私の見た私と云ふ男」、三淵乾太郎「父と法律」、
萱野章次郎「父の教え其他について」、三淵震三郎「父の想い出」、
小泉信三「三淵さんと会津」等
「ソフィア会会報1993」（聖心女子大学同窓会ソフィア会）＝平成5（1993）年11月
冨岡正子「石渡多摩様を偲んで」
「判例時報339号」（判例時報社）＝昭和38（1963）年7月21日
三淵乾太郎「父、三淵忠彦を語る」（1）
「判例時報340号」（同）＝昭和38（1963）年8月1日　三淵乾太郎「父、三淵忠彦を語る」（2）
「判例時報341号」（同）＝昭和38（1963）年8月11日　三淵乾太郎「父、三淵忠彦を語る」（3）
「裁判の書」（日本評論社）三宅正太郎著＝令和1（2019）年

参考文献

「最高裁物語」（日本評論社）山本祐司著＝平成6（1994）年
「私の会った明治の名法曹物語」（日本評論社）小林俊三著＝昭和48（1973）年
「うなぎと日本人」（KADOKAWA）日本ペンクラブ編・伊集院静選＝平成28（2016）年
　「逢坂閑談」
「慶應義塾百年史　別巻大学編」（非売品）慶應義塾＝昭和44（1969）年
「郡虎彦　その夢と生涯」（岩波書店）杉山正樹著＝昭和62（1987）年
「朝日評論」（朝日新聞社）＝昭和23（1948）年新年号　三淵忠彦「和」など
「朝日評論」（朝日新聞社）＝昭和25（1950）年5月号
　小泉信三「三淵忠彦さんの随筆『世間と人間』」
「北海道教育大学紀要（教育科学編）第59巻第1号」＝平成20（2008）年8月
　佐野比呂己「教材『ろくをさばく』考（1）」
「会津士魂」会津士魂会（歴史春秋社）
「國民」（社会教育協会）　記者「権利の確立　国民の信用　初代最高裁判所長官の任を去る
　三淵忠彦氏と語る」
朝日新聞記事　昭和25（1950）年2月27日
毎日新聞記事　昭和25（1950）年3月1日
山形新聞記事　平成25（2013）年3月24日、31日
「福島県中国交流史学会」

あとがき

神奈川県小田原市板橋に曽祖父・三淵忠彦が昭和初期に別荘として建て、第二次世界大戦の空襲で東京・渋谷の家が焼失した後、数年間暮らした数寄屋造りの家がある。建築家・佐藤秀三に設計を依頼したもので、大きな家ではないが、土間の天井は漆喰落とし、土間風の床には杉丸太が敷き詰められている。床柱は皮付きの白樺、中柱には節のあるサビ丸太が使われて田舎家風の趣もあり、風もよく通る気持ちのいい場所だ。庭は芝生が広がり、奥にはみかんやレモン、梅のなる果樹園もある。曹洞宗「霊寿院」の所有する土地の一角に建つ。

忠彦には4男1女があり、娘の多摩は4人の娘をもうけた。多摩の長女、若林高子は筆者の母で、4女の上谷美代子と富彦夫妻が1996年から小田原の家を管理し、美代子のきょうだいも協力して維持してきた。代替わりの時期を迎え、2018年にこの家をどうするかが課題となった。そこで上谷家の浩彦、玲子、筆者の友人でNPOたいとう歴史都市研究会代表の椎原晶子氏、筆者の4人で運営することを決めた。柑橘類に恵まれていることから「三淵邸　甘柑荘」と名付け、賛同者を募りながら、不定期で公開している。

あとがき

小田原のこの家に暮らした忠彦はどのような人物だったのか。あらためて、家の本棚にあった『世間と人間』を読み返し、復刊を思いついた。早稲田大学ラグビー部の後輩で、「魂に背く出版はしない」を社是とする出版社「鉄筆」社長の渡辺浩章氏に相談すると、瞬く間に忠彦の原稿をデータ化してくれ、出版化の道筋が見えた。

そこで、忠彦がどのような生涯を送ったのか、残されたものから探ることにした。多くの人が残した文章、庭の物置から見つかった史料や手紙類、写真などのお宝も手がかりにした。校正は友人の松田正子氏が協力してくれた。この間、忠彦の長男乾太郎の孫、團藤美奈にも数十年ぶりに繋がったことには先祖の結んだ縁を感じる。出版前のタイミングで、乾太郎の妻、嘉子が２０２４年春からのＮＨＫ連続テレビ小説「虎に翼」のモデルになることが発表された。

記者を志望したこともある忠彦について、記者になったひ孫が没後70年たって自分のことを書くとは、思ってもみなかっただろう。文才のある忠彦は、「もっとうまく書け」と笑っているかも知れないが、きっと喜んでいるはずだ。筆者を育て30年前に他界した多摩にも感謝を捧げたい。残された史料は歴史的な価値があるものも多いため毎日新聞の記事にした。専門家に相談しながら、引き続き分析、研究しようと考えている。

本橋由紀

若林高子（わかばやし たかこ）

1936年旧満州国（現中国東北部）長春市生まれ。46年引き揚げ。東京大学文学部卒。ＮＨＫ、富士通を経て、出版社「創林社」を設立、34年間代表を務めた。水の生活文化・土木遺産をライフワークにしている。忠彦の孫。

本橋由紀（もとはし ゆき）

1963年東京都生まれ。早稲田大学ラグビー部副務。87年に毎日新聞社入社。東京社会部、英文編集長、福島支局長、地方部長などを経て、2021年秋から記者として小田原を含む神奈川県西湘地域をカバーしている。忠彦のひ孫。

三淵忠彦（みぶち ただひこ）

1880年3月3日岡山市生まれ。本籍は福島県会津若松市。旧会津藩家老萱野権兵衛の弟三淵隆衡の子。1905年京都帝国大学卒業後、司法官試補。07年11月東京地方裁判所判事。大審院（現最高裁判所）判事、東京控訴院上席部長を経て25年6月に退官。三井信託法律顧問。47年8月、初代最高裁判所長官に任命される。50年3月に定年退官し、同年7月14日に死去。

世間と人間［復刻版］

著　者　　三淵忠彦

2023年5月3日　初版発行

編集者　　若林高子・本橋由紀
発行者　　渡辺浩章
発行所　　株式会社　鉄筆
〒112-0013　東京都文京区音羽1-15-15
電話　03-6912-0864
印刷・製本　近代美術株式会社
落丁・乱丁本は、株式会社鉄筆にご送付ください。
送料は小社負担でお取り替えいたします。
定価はカバーに明記してあります。

ISBN 978-4-907580-25-4　　Printed in Japan